QUE SONT NOS AMIS DEVENUS ?

DU MÊME AUTEUR

Blouse, *roman*, Grasset, 2004.
La Grande Garde, *roman*, Grasset, 2007. (Prix Jean Bernard de l'Académie de Médecine)
L'Ami de jeunesse, *roman*, Grasset, 2008. (Prix Découverte *Figaro Magazine*-Fouquet's)
L'Homme mouillé, *roman*, Grasset, 2010.
Salut Marie !, *roman*, Grasset, 2012. (Prix du roman Version Femina)
Étienne regrette, Grasset, 2014.
Jonathan Weakshield, *roman*, Grasset, 2016.
Guérir quand c'est impossible, Marabout, 2018.

ANTOINE SÉNANQUE

QUE SONT NOS AMIS DEVENUS ?

roman

BERNARD GRASSET
PARIS

ISBN : 978-2-246-82354-4

Que sont mes amis devenus
Que j'avais de si près tenus
Et tant aimés…

RUTEBEUF

PROLOGUE

Ceci n'est pas mon histoire.

Je l'ai écrite à la première personne. Par convention.

Le héros du livre est bien réel et vivant et ne me reprochera pas d'avoir usurpé son identité. Il passera son chemin sans lire une ligne de la grande aventure de sa vie que j'ai partagée avec lui, jusqu'à ce qu'il en décide autrement.

Je le connais bien. Il pensera que tout cela n'est que futilité. Il passera son chemin. Passer son chemin, c'est sa manière avec les choses futiles.

Il s'appelle Pierre Mourange. Il a 52 ans. Il tient une maison de retraite à Gouvieux, une ville au nord de Paris, près de Chantilly. Sa secrétaire qui l'aime en secret depuis vingt ans l'appelle « docteur », ce qu'il ne souhaite pas. Il est médecin, mais préfère le cacher dans la mesure du possible, pour ne soigner personne. Il ne soigne pas. Il accueille des gens qui viennent le consulter pour mourir et qui demandent un toit pour le faire, à l'abri des intempéries.

Il a une équipe d'infirmières, d'aides-soignantes, d'auxiliaires de vie sociale, de techniciens et des numéros de téléphone pour appeler de vrais médecins si besoin. Les familles des malades donnent beaucoup d'argent, ce qui, contrairement à la conviction de tous les donateurs, n'a pas une grande importance à ses yeux.

Je suis écrivain et j'étais son ami.

Il m'avait fait jurer de ne rien raconter de son histoire. Tout cela devait rester entre nous. Mais les écrivains ne respectent jamais leur parole. S'ils ne trahissaient personne, ils n'écriraient rien. Notre amitié s'est brisée après sa disparition officielle. Il a brusquement cessé de m'envoyer ses notes, les pensées qu'il dictait à son téléphone pour les partager avec moi comme au temps des secrets murmurés à l'oreille, dans la pension lointaine où nous avions un âge à un seul chiffre. Il me disait qu'il y avait quelque chose dans ses notes qui pourrait faire un livre. Ne jamais dire cela à un écrivain qui n'écrit plus depuis treize ans. La police est venue enquêter chez moi. Je ne leur ai pas donné les notes de Pierre.

C'est un petit acte de courage.

CHAPITRE 1

Cherche-Midi

J'attendais ma famille.

Dans l'antichambre d'un cabinet de psychiatrie. Pour une séance de groupe. Le psychiatre s'appelle le docteur Petit-Jean, 43 rue du Cherche-Midi, Paris 7.

Je donne l'adresse parce que les psychiatres sont plus des lieux que des personnes. Des endroits où le rendez-vous avec vous-même coûte de l'argent.

J'avais choisi le thérapeute à cause du nom de sa rue : « Cherche-Midi ». C'était un peu le but de mon affaire. Chercher le zénith. Le point culminant où le soleil reste un instant avant de glisser sur l'horizon. Comme la vie, en chute libre ou prisonnière de ses choix, de ses erreurs, de ses espérances ridicules.

Je suis père de deux enfants. Il me semble. Je viens ici pour eux.

La petite salle aux murs serrés se resserre comme tous les jeudis à dix-neuf heures. J'essaie de les imaginer à mes côtés en les attendant. Je rassemble les détails de leurs traits pour les faire apparaître. Mais je ne les rencontre pas facilement dans les couloirs de ma mémoire et je ne dois pas être le seul, si l'on compte tous ceux qui cachent une photo des leurs dans leur portefeuille ou qui la fixent dans un cadre sur leur bureau pour être sûrs de bien les reconnaître à leur retour du soir.

Pourtant ils sont là, à leur manière, suffisamment distante, pour que je ne sache jamais s'ils reviennent pour que je les retrouve ou pour que je les quitte.

Un ami me parlait du sentiment encore ressenti tard dans l'existence, d'avoir gardé ses enfants coincés dans sa gorge. Comme des chats. Il a raison. C'est dans les gorges que les enfants restent. C'est de là qu'un spécialiste devrait les extraire. Un spécialiste utile. Un chirurgien. Avec des instruments de fer. Pas un médecin qui opère avec des mots.

Le petit bateau flou sur la toile qui penche au-dessus de la porte me surveille. Le judas du docteur Cherche-Midi, aussi immobile que moi dans sa peinture grise et fermée, sous son vernis, dans sa mer de glace.

Je suis père de deux enfants, il me semble. Une fille et un autre.

Tous les pères ont un enfant qu'ils n'ont jamais mis au monde, par prudence, par réelle sagesse. Je le vois, à travers la fenêtre, dans les yeux de ceux qui sortent de la consultation par la petite porte sur la cour. Ils ont ce même secret dans le cœur. L'autre. L'enfant heureux, qui n'a pas besoin d'aide.

J'ai 52 ans. Mes proches et une myriade de gens que je connais à peine mais qui ont des avis sur ma vie me conseillent de faire attention. À quoi ? À tout. Il ne faut pas que je mange gras, il ne faut pas que je boive d'alcool, il ne faut pas que je fume, il faut que je porte un casque quand je vais à vélo dans Paris. Il faut surveiller ce que je respire, ce que je touche, ce que je pense. Il faut que je fasse très attention, globalement. Je me demande quel mal j'ai pu faire à la vie pour devoir consacrer autant d'efforts à m'en protéger.

— Ils sont en retard, m'a dit le docteur Petit-Jean en ouvrant les portes de son cabinet.

— Oui, ai-je répondu.

Il a regardé sa montre en hochant la tête. J'ai regardé la mienne sans hocher. Nous sommes restés ensemble. Lui, moi et sa toux.

J'ai été médecin dans une autre existence, je sais reconnaître les mauvais signes. Le docteur Petit-Jean tousse gras et souvent. Ça vient de loin et de longtemps. Sa peau est cireuse et ses yeux pleins de petites artérioles rouges qui courent sous le voile de ses larmes.

Il est gros et essoufflé. Il sue beaucoup, de l'effort de son corps pour se maintenir au repos. Dans un film, il est le personnage auquel il ne faut pas s'attacher. On sent, dès les premières scènes, le manque d'avenir. Je le visite pourtant depuis deux ans et je ne peux pas dire que son état ait empiré. Il reste au bord de l'inquiétant. Comme moi.

— Ça ne vous ennuie pas ?

Il signe son courrier. Bien rangé dans un parapheur en cuir aux coins protégés par quatre petits triangles métalliques dorés, détail qui ne paraîtrait inutile qu'à celui qui n'a jamais fait face à son psychiatre de thérapie familiale sans sa famille à ses côtés. Dans cette situation, chaque détail compte car la pente mélancolique qui conduit notre chemin aggrave son degré d'inclinaison à chaque minute qui passe. Et le corps qui glisse doit s'accrocher aux minces reliefs qui se présentent. Comme les coins dorés d'un parapheur.

Que faisaient ma fille et ma femme en ce jeudi 18 mars à l'heure où elles auraient dû être là ? Ma messagerie restait vide. J'accomplissais les gestes ridicules que chacun accomplit dans ces circonstances. Toucher inlassablement les mêmes icônes, éteindre, rallumer des signaux lumineux pour faire venir les mots, faire clignoter l'appareil, comme un phare, pour guider les messages en péril.

En levant les yeux, je croisais le regard du docteur Petit-Jean posé sur moi. Il étirait ses doigts courts pour les faire craquer. Son visage était triste. Je n'avais jamais pris la mesure de sa tristesse. Je surveille surtout les miens lors des séances. Je suis très attentif à leur voix, leur position sur le siège, leurs attitudes. J'attends des alarmes pour intervenir dans la conversation. D'émotion, de faiblesse, d'absence. Je néglige le reste et particulièrement les sentiments de l'inconnu censé nous faire nous aimer un peu plus les uns les autres.

Et elle était contagieuse, la tristesse du docteur Petit-Jean, depuis le temps qu'elle occupait l'espace. Elle avait peu à peu infecté les objets de la pièce, ses meubles, ses bibelots et l'air aussi. Elle lui avait donné une épaisseur qui pesait sur les poumons, qui essoufflait.

Les objets étaient plus sincères que le visage composé du thérapeute où s'accrochait un sourire de consultation. Les choses ne composaient pas. Leur misère était franche, les sanglots s'écoulaient droit à leur surface, sans dévier. La poussière qui recouvrait la tranche des livres de la bibliothèque était honnête, elle aussi, comme la sinistre pâleur du papier peint qui n'avait jamais été changé depuis l'arrivée du jeune psychiatre dans un siècle plus ancien. La fenêtre aux carreaux flous ne retenait que la grisaille du jour. La pièce n'était pas sale, pas propre non plus. On sentait que l'entretien ne touchait qu'au visible. Mais nul besoin de chercher sous les fauteuils ou aux pieds de l'armoire de chêne sombre, la vérité du lieu ne se cachait pas. Nue, déshabillée par le vieux désespoir que le thérapeute avait laissé sédimenter avec les mots de tous ses patients au chagrin bavard, mélangé à la poussière neutre qui se foutait des états d'âme.

On finissait par se sentir triste de la tristesse des autres et laisser celle de nos cœurs s'y atteler. « Prends garde à la douleur des choses », murmurait l'ange gardien de nos humeurs, car le cabinet du docteur Petit-Jean donnait des coups de grâce. Le moral, hésitant sur son fil, trébuchait au passage de sa porte et découvrait qu'il restait du fond sous les pieds qui croyaient l'avoir touché.

En vérité, la plupart des patients s'aggravaient dans le cabinet du docteur Cherche-Midi, ce qui n'empêchait personne d'y revenir, car les dépressifs sont presque toujours des malades qui ne veulent pas guérir.

CHAPITRE 2

Revolver

— Je crois qu'ils ne viendront plus.

— Non, dit Pierre Mourange, ils ne viendront plus.

Le médecin n'était pas pressé et Pierre n'était pas attendu.

S'il s'appelait Pierre, c'est qu'il ne disait pas toujours « je » quand sa pensée parlait de lui. Il disait Pierre comme pour un autre, pour la distance qui le séparait de lui-même.

Il s'étonnait de ne pas ressentir de trouble devant le médecin qui lisait son courrier sans lever les yeux. Ce fait l'inquiéta, car il était sensible à la gêne au contact de son prochain. Il sourit en entendant la voix d'une mère aimée et fragile qui l'avait trop tôt quitté. « Tu as mon tempérament. » Personne n'utilisait plus ce mot : « tempérament ». Personne n'utilisait plus les mots d'avant et plus généralement ceux à plus de trois syllabes. Le silence durait. Il manquait une horloge qui aurait mis l'ennui en musique.

J'ai reçu deux vibrations, en surface, près du cœur. C'est le signal que j'ai choisi pour les messages. Un petit tremblement qui se transmet à travers le tissu de ma veste. Comme un coup de froid local. Deux impacts.

« J'arrive. » Ma fille.

« J'arrive. » Ma femme.

Moi aussi, j'ai envie d'écrire « J'arrive ». Mais à qui ? À moi-même, puisque je ne suis jamais vraiment là où je suis. Au docteur Petit-Jean qui consulte ses notes à quelques centimètres de la place où j'attends les miens en apparence. « J'arrive » pour parcourir l'infinie distance. « J'arrive » dans les bras d'une femme qui m'enlace et qui ignore que je dois accélérer le pas pour me rejoindre. « J'arrive » pour occuper les formes de ma vie, les costumes dans lesquels je flotte. « J'arrive » pour donner une chair vivante aux corps figés dans ma mémoire, corps penché sur un berceau, corps au chevet d'un enfant qui grandit, visage et gestes de père patient, espérant, rassurant. Corps d'ami, de mari, de médecin. « J'arrive », c'est le message qu'il faudrait laisser à sa vie terrestre, quand on la quitte.

— Elles ont dû être bloquées.

— Oui.

— Elles viennent ensemble ?

— Non, chacune de son côté.

Vingt minutes finissent de s'écouler. La séance dure une heure et demie. Le courrier du docteur Petit-Jean ne suffira pas. Les pages du parapheur tournent. La pile qui nous sépare descend vite. Bientôt nous serons seuls face à face, sans obstacle entre nous pour nous protéger.

— Je vous laisse un instant.

Quelques minutes étaient nécessaires pour laisser l'air frais de solitude descendre dans les poumons. Pierre respira prudemment. Le médecin s'était levé avec difficulté avant de traverser la pièce d'un pas lent jusqu'à la porte qu'il avait refermée doucement derrière lui.

Le premier tiroir du bureau était à moitié ouvert et un reflet métallique clignotait sous la lumière de la lampe d'acier qui grésillait. Le reflet attirait son regard et troublait la bonne compagnie du vide qu'il aimait partager. Il se leva et contourna le bureau pour refermer le tiroir avant le retour du psychiatre. L'ombre de sa main couvrit le reflet et l'objet qui en était la source lui apparut nettement. Un revolver sorti de son étui. La gaine de vieux cuir, à l'intérieur noirci, reposait vide à côté. Sa main effleura la crosse de l'arme et ses doigts glissèrent sur le barillet où il suivit le mince relief des douilles.

Il se dit que docteur Petit-Jean avait le sens de la tentation.

Imprudence de laisser une arme chargée à portée du patient dans un cabinet de psychiatrie, même si l'on tuait rarement son thérapeute et plus pour se faire entendre que par réelle animosité.

Il saisit le revolver, le releva et pointa le canon vers le fauteuil qu'il venait de quitter. Son cerveau dessina une silhouette cible dans l'ombre. Il visa la tête.

Il entendit le pas feutré près de la porte et eut juste le temps de regagner sa place après avoir repoussé le tiroir sur l'arme.

— Veuillez m'excuser.

Le docteur Petit-Jean lui parut changé. Ce qui était objectivement la vérité. Ce revolver donnait une dimension nouvelle au personnage. L'aura d'un être différent et certainement supérieur au petit médecin recroquevillé sur les névroses de familles qui n'étaient pas les siennes. Il ne paraissait pas pressé d'interrompre le rendez-vous silencieux. Son regard naviguait dans la pièce, comme pour vérifier que les choses étaient à leur place.

Le temps passait, sans que l'un ou l'autre ne veuille l'arrêter. Les minutes forgeaient une entente subtile et imprévue entre eux. Sans paroles, sans artifices. La fin de la consultation approchait doucement.

— Il faudrait prendre un autre rendez-vous, dit Pierre.

— Oui, répondit le psychiatre, sans ouvrir le carnet rempli de noms griffonnés de son écriture minuscule.

Pierre sortit le chéquier de la poche intérieure de sa veste. Le docteur Petit-Jean demanda d'une voix lointaine :

— Vous n'avez pas de nouvelles ?

— Non.

Le psychiatre fit un geste las de la main.

— Vous ne me devez rien.

C'était vrai.

— Merci.

Pierre le quitta sur ces mots. Rien et Merci.

En poussant la porte de l'immeuble, il se surprit à penser qu'il aurait préféré devoir quelque chose, mais n'eut pas le courage de rebrousser chemin.

Il sortit son portable dont l'écran resta obscur. La batterie n'avait pas tenu sa charge dans le grand air de la rue du Cherche-Midi.

Des voitures de police barraient toutes les rues des alentours.

— Alerte attentat, lui dit un passant qu'il n'avait pas interrogé.

Il regarda sa montre qui indiquait l'heure du retour chez lui.

CHAPITRE 3

Promis aux ruptures

Le docteur Petit-Jean se laissa recouvrir d'ombre.

Depuis le départ de Pierre Mourange, il était resté assis à son bureau devant la nuit qui entrait sans effort dans la pièce éteinte.

Son esprit vagabondait du côté de cette famille qui n'était pas venue.

Il aimait bien ce patient. Il le trouvait attentif.

Il aimait les gens attentifs. Il n'aimait plus rien de vraiment précis en dehors des malades attentifs.

Son foie le faisait souffrir. Quelque chose se passait là. À coup sûr. Il n'avait consulté personne. Les maladies du foie demandent tellement de temps pour ne pas guérir.

Il pensa que son corps était devenu douloureux. Pas très douloureux mais gênant, se rappelant à lui presque à chaque instant, par crainte d'être oublié. Ce qu'il comprenait et pardonnait, tant sa négligence pour lui-même avait été profonde ces derniers mois. L'effort, le matin, pour se raser et brosser ses dents devenait chaque jour moins surmontable. Il se lavait peu, changeait ses vêtements avec réticence à la fin de la semaine et se nourrissait du menu réservé aux humains solitaires : surgelés, boîtes, sachets. Une nourriture toujours enveloppée et gravée d'une date, comme les croix des tombes.

Sa main gauche tremblait un peu et perdait de sa mobilité. Son corps perdait de sa mobilité. Il devenait lent, difficile et vide. Il était entouré de loin par une famille trop nombreuse qui organisait de pénibles cousinades où des étrangers jouaient des rôles de frères, de sœurs, de parents. Sa femme l'avait quitté à temps pour se remarier avec un homme riche et heureux, ce dont il n'avait retiré aucune amertume. Il continuait à admirer le courage de sa décision. C'était difficile de quitter les gens, surtout les plus tendres, les plus aimants et les plus incapables de révolte. Le docteur Petit-Jean était fait pour être abandonné, avec regret mais résolution. Il le savait depuis toujours. Promis aux ruptures comme certains aux carrières. Il avait soutenu sa femme lorsqu'elle avait hésité, en lui donnant la force qui lui manquait pour le quitter tout à fait.

Il chercha la bouteille de whisky qui l'aidait le soir, ses consultations closes, avant le retour à l'étage. Il habitait au-dessus de son cabinet, dans un petit appartement qui ne donnait sur rien.

Au Cherche-Midi.

La bouteille était vide.

Le verre qu'il avait posé sur son bureau, vide lui aussi, clignotait sous la lumière instable de sa lampe, comme le barillet du revolver qui, lui, était plein. Plein, pensa-t-il, en faisant tourner les chambres, d'un alcool dont personne n'épuisait la saveur.

Il se demanda ce qui avait pu arriver à la famille de Pierre Mourange. Avec le souci sincère d'un homme concerné.

Puis, très posément, il approcha l'arme de sa tempe et tira.

CHAPITRE 4

Le désespoir du singe

Pierre avait traîné, le long du boulevard Raspail, que les voitures de police sillonnaient dans les deux sens. Les gyrophares et les sirènes lui rappelaient les souvenirs des urgences. Il sentait que le sommeil serait difficile à trouver. Il marchait pour fatiguer son corps, mais il connaissait cette fébrilité intérieure qui accélérait son cœur et montait s'écouler en sueur sur son front, emportant toutes les chances de repos pour la nuit à venir.

Au Lutetia, il traversa la rue de Sèvres et obliqua en direction du square Boucicaut jusqu'au « désespoir du singe », un arbre célèbre du quartier, sorte de sapin haut et hérissé de pointes comme un cactus. Aucun oiseau ne se posait jamais dessus, ni aucun singe d'après le nom gravé sur la plaque émaillée au sol qu'il jugea en étrange résonance avec sa situation du moment. Avec ses branches espacées, souples et coupantes, impossible d'y poser la main. Sa vie était à l'image de l'arbre : défendue, impossible à saisir sans douleur, sans saignement, impossible à habiter. Et lui, petit singe sans solution, tenu à l'écart de lui-même.

Désespoir de Pierre.

Il continua par la rue de Babylone en pressant le pas, déviant d'un trottoir à l'autre, fuyant les passants, baissant la tête aux regards, gêné d'être si profondément occupé par ce désir d'être un autre qui s'échappait à travers sa peau, suintant, obscène. Le mieux était sans doute de rentrer se coucher, mais Pierre Mourange dormait mal. Il y avait cette histoire entre le sommeil et lui. Cette rancune. Elle remontait à ses années d'internat. Une tumeur déguisée en migraine, qu'il avait regardée passer en garde. Une jeune malade morte par lui, un crime dont il n'avait pas été reconnu coupable, protégé par ses pairs qui avaient couvert l'affaire. Le sommeil avait fait appel. Il buvait depuis, dès que la nuit tombait, des verres de cognac qui embrumaient ses souvenirs et brûlaient sa langue. Les démons accordaient à son ivresse quelques heures de repos agité, mais il se réveillait toujours avant eux, avant l'aube, pour affronter toutes les clémences dont il avait bénéficié.

Étrangement, les choses s'étaient un peu éclaircies depuis la mort de ceux qui avaient le plus compté pour lui, ses gardiens d'enfance. Sa grand-mère, dont il sentait toujours la légèreté sur son épaule gauche, comme un papillon. Ses parents, à la présence plus floue mais bienfaisante.

Les morts l'aidaient contre le sommeil contraire et il les convoquait toujours. Ils ne tenaient pas compte de ce qu'on avait fait et ne jugeaient pas les actes présents et à venir. Il avait son analyse sur la question. Les morts pouvaient nous aider parce qu'ils voyaient les humeurs, les états psychiques, mais pas les événements. Aucun événement ne dérangeait l'éternité. On pouvait donc se laisser hanter, sans crainte. Avec le secours du cognac et des morts, tout le monde pouvait dormir un peu.

Il n'avait abordé aucune question essentielle avec le docteur Petit-Jean. Ce qui n'aurait sans doute pas changé grand-chose à sa situation. Sur les questions essentielles, il lui était difficile de donner une réponse univoque. Indécise était sa réponse aux questions essentielles.

Avait-il été heureux ou pas ? Était-il aujourd'hui celui qu'il avait pensé pouvoir être ? Avait-il des regrets d'importance ? Toutes ces questions tournaient dans sa tête et voguaient d'une réponse à l'autre, indécises. Il sentait qu'une vie beaucoup plus vaste que celle qu'il avait vécue aurait été possible et aussi qu'une déesse Chance incroyablement attentive l'avait épargné des maladies du corps. Sa lucidité de médecin lui murmurait qu'il ne fallait pas seulement s'en contenter mais aussi remercier chaque jour qui se levait sans souffrance. En même temps, il se disait que c'était un triste horizon qui fermait les vies tranquilles. Parfois, il espérait plus qu'une peau simplement épargnée. Le confort de son existence et sa bonne santé physique avaient taillé pour lui un habit que beaucoup auraient aimé revêtir mais il se sentait à l'étroit dans le costume du bonheur cellulaire. Il n'éprouvait pas de mal-être majeur et peut-être surestimait-il la menace que cette gêne intime faisait peser sur lui, mais il observait un fait indiscutable : la quantité d'alcool qu'il ingérait quotidiennement suivait une courbe ascendante d'année en année. Ce qui n'était pas le symptôme le plus reconnu de la tranquillité intérieure.

Il trouva un café près du jardin et commanda une pinte de bière au bar. Pour la soif. Pour un homme qui buvait trop, la bière était neutre. Quand Pierre buvait, il se sentait simplement plus fort, physiquement et spirituellement. Ivre, il lui était arrivé de prendre la défense de quelqu'un et même de se battre pour une cause. Preuve que chacun n'était qu'à quelques degrés d'alcool du caractère et du courage.

Il essuya ses mains, en les tournant l'une sur l'autre, un geste de vieux, qu'il avait vu souvent faire à ses patients. Sa peau sentait la bière. On lui avait appris à être attentif aux signes. Les maladies avaient leur odeur. Les diabétiques sentaient l'acétone, les cirrhotiques l'ammoniac, les tuberculeux le chlore. On disait que les chiens pouvaient détecter les maladies mieux que les médecins mais que si les hommes marchaient à quatre pattes et reniflaient la terre, ils sentiraient presque aussi bien qu'eux. Les médecins devraient se baisser sur la piste des maladies.

Un serveur imbibé partageait des verres avec les ivrognes du bar. Il laissa un billet sur le comptoir sans réclamer sa monnaie et sans réponse à son « bonsoir » qui ne fit se retourner personne.

Il marcha longtemps en suivant un grand cercle qui ne l'éloignait pas du cabinet du docteur Petit-Jean. Sa voiture l'attendait au bout de la rue, mais il lui sembla soudain impossible de revenir chez lui. Il jeta un coup d'œil inutile à l'écran noir du téléphone qu'il tenait au creux de sa main et rebroussa encore chemin.

Le quartier du Cherche-Midi était à nouveau ouvert. Il monta une cigarette à ses lèvres sans l'allumer et se dit qu'il avait encore besoin de boire, mais la distance jusqu'au café qu'il avait quitté était devenue trop grande, et trop grand l'effort pour réapparaître et justifier un retour que nul n'aurait remarqué.

Il entra dans un taxi et prit la direction des Ternes.

CHAPITRE 5

Fanfan

La place des Ternes, c'est elle.

Pour la trouver, il faut aller un peu plus loin, dans les petites rues qui donnent dans l'avenue de Wagram.

Elle est là tous les jours, jusqu'à vingt-trois heures trente, dans un centre de relaxation qui relaxe exclusivement les hommes.

« Elle ne ressemble à rien, ta Fanfan », dit toujours Camille.

C'est vrai.

Fanfan ne ressemble à rien.

Mais c'est vers elle que je vais, quand il le faut.

Le salon propose des massages orientaux comme des dizaines d'autres à Paris. On est accueilli par une matrone qui sait ce que l'on vient chercher. Elle a ce sourire de mauvaise complice, qu'il faut franchir. Fanfan ne dit rien. Elle incline la tête quand elle me voit arriver et incline la tête quand elle me voit partir. Elle sourit elle aussi, même si ce n'est pas nécessaire, et ne comprend pas un seul mot de ma langue. J'y retourne parce que ses mains me parlent. C'est étrange les peaux qui s'entendent. Question de peau. Réponse de peau.

Elle est chinoise, petite, avec un visage rond comme une bille et des mains courtes avec de l'eczéma sur le dos des phalanges. Je ferme souvent les yeux quand je vais là-bas, pour ne pas laisser la vue dicter sa loi, comme elle le fait pour presque tout ce que nous ressentons.

Fanfan me masse dans l'obscurité.

« Toutes ces filles sont des putes », m'affirme Camille à qui je refuse l'adresse de Fanfan, parce qu'il ne la mérite pas.

C'est le massage qui compte. J'attends la fin, bien sûr, comme tous les autres, mais c'est vraiment le début qu'il ne faut pas rater, sous peine d'être venu pour rien. L'espace pour soi. Le couloir de calme. C'est subtil. Beaucoup trop pour Camille et pour la plupart de ceux qui me succèdent ou me précèdent entre les mains de Fanfan.

Je ne suis pas sûr qu'elle ressente quelque chose de différent avec moi et certainement pas quelque chose de plus. Mais je suis fidèle et quand elle me quittera, elle emportera une trace de tout cela. Une empreinte de ma tendresse. Elle lui servira, comme toutes les tendresses que l'on donne aux gens, qu'ils les reçoivent ou pas.

Camille est le seul à savoir pour Fanfan.

Il est le seul à savoir pour tout.

Il est écrivain. Son nom de plume est simplement « Camille », mais il s'appelle Fusain. Albert Camille

Fusain. Il a retenu le deuxième prénom, celui de sa mère qu'il a aimée avec le plus de « certitude », comme il l'a écrit dans un de ses livres. Il a eu son heure de gloire dans les années 90, pour un roman dont je lui ai donné le thème. Les états d'âme d'un jeune médecin au début de sa carrière.

« C'est la médecine qui écrit bien », me dit Camille. C'est vrai, ses meilleurs livres sont écrits avec l'encre de mes souvenirs, des soirées passées à lui raconter les heures de garde. Les histoires de mes grandes solitudes hospitalières, des nuits blanches de blouses, des graves offenses faites aux cœurs des jeunes médecins.

J'avais tout dit à Camille et puis je m'étais tu peu à peu, n'ayant plus rien à ajouter de nouveau. Sa carrière littéraire n'avait pas tout de suite décliné, après ce silence. Deux romans « au relief faible » d'après le jugement d'un critique, mais au succès suffisant, lui avaient permis de soutenir un train de vie que je n'ai jamais partagé avec lui. Le succès de son premier livre l'avait longtemps porté et il négociait des à-valoir importants sur des projets qu'il laissait traîner par paresse et facilité. Camille écrivait bien et vite. Cette qualité lui faisait toujours remettre à un autre jour la rédaction des chapitres qui lui manquaient. « Je finirai bien par les cracher », disait-il. Il me semblait que la vie était facile pour lui. Ce qui était faux.

Il n'avait pas écrit une ligne depuis treize ans. Il avait lassé ses éditeurs. Il avait lassé tous ceux qui l'avaient aimé pour ce qu'il avait perdu. Son succès, sa petite gloire de librairie, son impertinence d'écrivain reconnu. Son agent l'avait quitté après un nouveau contrat jamais honoré et lui avait donné le conseil de réfléchir à redevenir lui-même.

« Qui ça moi-même ? » disait Camille en haussant les épaules, comme s'il n'avait aucun point de vue sur la question.

Ce n'était pas difficile pourtant. Il l'avait écrit : *« nos "moi-même" sont les enfants qu'on a été un jour »* et j'étais le seul à les avoir connus, ses enfants de « lui-même », avant que la vie les chasse.

À qui ressemble Camille ?

À moi.

Un grand type, avec des yeux sombres, cernés, des cheveux sel, un visage long et des manières douces. On nous prend encore pour des frères. Nous avons vieilli à peu près de la même façon en prenant du ventre et de la lenteur. Pour le reste : « ça va », comme dit mon ami qui n'a jamais été très sévère avec nos apparences.

Un taxi le déposa à l'entrée de la rue du Cherche-Midi. Sa montre marquait un peu plus de vingt-trois heures et il fut surpris de ne pas être beaucoup plus loin dans la nuit. Sans presser le pas, il rejoignit sa voiture à une centaine de mètres de l'immeuble du docteur Petit-Jean. Il trouva dans sa poche la petite serviette roulée que Fanfan lui avait remise pour ses mains et qu'il avait oublié de rendre à la sortie du salon. Il ouvrit sa portière mais avant de rentrer, il éprouva le besoin d'essuyer ses mains encore une fois. C'était un syndrome connu qu'il avait appris en médecine, le besoin de propreté du corps pour laver les saletés de l'âme. Certains frottaient des taches qu'ils étaient seuls à voir, jusqu'au sang.

Quand il lui sembla que sa peau était suffisamment immaculée, Pierre jeta la serviette dans sa voiture et démarra.

CHAPITRE 6

Le chat

Personne n'avait entendu la détonation. L'isolation phonique du bureau avait été le seul investissement d'importance auquel le docteur Petit-Jean avait consenti pour son environnement professionnel, qu'il avait par ailleurs totalement négligé.

Il avait doublé les cloisons d'un liège impénétrable, épaissi les vitrages et ajouté une porte à son bureau en retrait de celle qui donnait sur la salle d'attente, aménageant un sas de silence protégeant les secrets des malades.

Personne n'avait rien entendu, sauf celle à qui personne ne prêtait jamais la moindre attention. La petite silhouette féminine qui s'infiltrait partout et que le médecin, qui l'avait plusieurs fois devinée dans l'ombre de la cour, avait baptisée « le chat ».

Le chat venait souvent traîner la nuit, dans le bureau silencieux du psychiatre. Il l'avait surprise un jour cachée derrière un fauteuil et après l'avoir reconnue, avait simplement reculé pour ne pas l'effrayer.

Elle s'était écorchée en se glissant dans la pièce. Depuis, il prenait le soin de laisser l'espace suffisant pour elle, en gardant sa fenêtre entrouverte.

Le chat ne faisait rien de plus que traîner dans son espace secret et ne volait rien. Elle avait son coin qu'elle occupait pendant que le docteur Petit-Jean travaillait à son bureau. Elle restait là, en silence. Le médecin faisait attention à ses gestes, pour ne pas troubler l'étrange équilibre qu'il ressentait quand le chat était là. Il veillait à sa position sur sa chaise, surveillait ses attitudes pour prévenir tout risque de mouvement brusque. Sa main sur son stylo allait posément, l'écriture s'affinait sous la plume qui appuyait avec prudence sur le papier. Il se forçait à respirer sans bruit et à tourner avec délicatesse les pages de ses dossiers.

« Délicatesse » était le mot le plus juste qui venait à l'esprit du docteur Petit-Jean quand il sentait la présence du chat.

Sa mère, la gardienne de l'immeuble, avait interrogé le médecin sur les soins à donner à sa fille, pour laquelle on avait parlé d'« autisme léger ». Elle s'appelait Maria Lucia. On lui avait donné son prénom en mémoire de la petite voyante de Fatima, le village sacré où vivaient encore ses grands-parents.

On se confiait sans difficulté au docteur Petit-Jean, ce qui avait facilité l'exercice de son métier. Sa gardienne avait une famille nombreuse au Portugal et n'avait gardé avec elle « qu'une fille qui s'échappait ». Elle avait renoncé à la surveiller. Sa fille, enfermée, trouvait toujours comment sortir, pour aller traîner. Elle se demandait ce qu'il fallait faire.

« Laissez-la traîner », avait dit le thérapeute.

Cette phrase, entendue à travers la porte, avait scellé l'amitié secrète du chat et du docteur Petit-Jean.

Chaque fois qu'elle prononçait le prénom de sa fille, la gardienne se signait. Le chat pourtant n'avait pas vu la vierge et paraissait peu concernée par les réalités supraterrestres. Elle se faufilait, c'est tout. Elle n'allait jamais très loin. Dans la cour, l'escalier, les étages, le toit quelquefois où l'on accédait par une lucarne. Inutile de lui interdire quoi que ce soit. Personne n'aurait pu croire qu'elle passait à travers des espaces à peine entrouverts où un oiseau n'aurait pas pu déployer ses ailes. Elle préférait les petites issues aux portes faciles à franchir et le temps nécessaire et les efforts n'importaient pas. Elle finissait par passer.

Ils s'étaient habitués peu à peu l'un à l'autre. Ils ne parlaient jamais et ne faisaient que s'entrevoir. Après le départ de sa femme, le chat était devenue la seule compagnie du docteur Petit-Jean.

Parfois, il laissait pour elle, sur le plateau de son bureau, une tartelette au citron qui disparaissait dans la nuit.

Leur dialogue se résumait à cela, une tartelette au citron qui disparaissait.

Maria Lucia avança dans la pénombre. Son pied heurta un objet lourd qui glissa plus loin sous l'armoire. Elle se baissa pour le rattraper, ses doigts atteignirent les encoches métalliques du barillet, sans trouver de prise suffisante, et l'objet recula de quelques centimètres. Elle s'en désintéressa et revint chercher, à tâtons sur le bureau, l'endroit où la tartelette l'attendait, près du téléphone.

Elle vit très distinctement le corps relevé en arrière sur le fauteuil, les bras en croix. Le visage du docteur Petit-Jean recouvert à moitié d'ombre dessinait ce qui lui apparut comme un croissant de lune. Elle chercha vainement la tartelette oubliée. Puis très silencieusement, avec cette légèreté qui éteignait tous les sons sous ses pas, elle quitta le bureau du psychiatre et rentra se coucher, l'estomac vide.

CHAPITRE 7

Inspecteur Guise

L'enquête sur la mort du docteur Petit-Jean commença le dix-neuf mars. Elle fut confiée à la brigade criminelle de Paris, deux heures après la découverte de son corps par la gardienne de l'immeuble.

Un jeune officier de la police judiciaire rédigea sans motivation excessive la saisine qui donnait le numéro de procédure nécessaire. La brigade criminelle de la rue du Bastion, qui avait gardé le n° 36 du défunt quai des Orfèvres, fut appelée sur les lieux de ce qui ressemblait, aux dires de l'officier, à une scène de suicide plus qu'à une scène de crime, à un détail près : la position de l'arme, retrouvée sous une armoire, à une distance trop éloignée du corps.

Les armes des suicidés chutaient dans un périmètre inférieur à deux mètres, comme les cours de criminologie appliquée l'avaient enseigné au jeune officier de police introverti, qui caressait secrètement un projet de carrière administrative en la compagnie exclusive de son écran d'ordinateur qu'il jugeait chaleureuse.

Son don d'observation, souvent sollicité, contrariait sa volonté de n'échanger avec son prochain que de courtes relations cryptées informatiquement. À contrecœur, il suggéra l'ouverture d'une enquête et rédigea une note concise qui, l'espérait-il, allait passer inaperçue. Il se retira sans un mot pour l'agent qui n'avait pas enregistré son arrivée et qui ne remarqua pas son départ.

Le commandant, chef de section du groupe crime, chargea un de ses brigadiers de l'affaire. Ce dernier, à la lecture du dossier qui lui parut riche en promesses d'efforts inutiles, décida de sous-traiter.

L'affaire fut confiée à l'inspecteur André Guise. Les jeunes agents du service l'appelaient toujours « inspecteur », bien que le titre n'existe plus dans la police d'aujourd'hui. Il y voyait une marque de respect, à l'orée de la retraite d'une carrière qui n'avait répondu à aucune de ses ambitions.

C'était en réalité, comme le disait un des derniers collègues de son âge, l'agent Roussin, juste une manière de se foutre de sa gueule.

L'inspecteur Guise était limité.

Ce qualificatif apparaissait sur ses notes de stages et évaluations de postes qu'il avait occupés dans une dizaine de commissariats parisiens.

Limité en quoi ? était la question souvent posée. En tout, était la réponse.

Une calvitie soulignée par un retour de mèches grisâtres épargnées sur ses tempes, des yeux mornes et éteints, une peau jaune de tabac et d'alcool, une odeur de fleur fanée et un costume marron dont il gardait le gilet épais et trop serré par tous les temps. Serré et épais étaient aussi les caractères dominants de son esprit. Il n'aimait personne mais personne n'accordait la moindre importance aux sentiments qui l'effleuraient. Avec le temps et l'habitude, il avait pourtant réussi à allumer une lueur de compassion nostalgique dans le cœur de ses collègues. Pour tous, il était « le vieux Guise », une petite figure et le destinataire des chats écrasés dont aucun flic de l'unité ne voulait.

La sympathie ironique de ses collègues ne le satisfaisait pas. Il en avait conçu une amertume profonde et un ulcère superficiel du duodénum, qu'il traitait comme dans les années 50 en buvant un verre de lait à chaque repas pour réduire les acidités de son corps. Guise, en vérité, n'était pas alcalin de nature. Et les parois virtuelles de son esprit souffraient, comme celles de son tube digestif, des grandes désillusions de son existence.

Malgré ses attraits relatifs, il avait su émouvoir le cœur de la commissaire en chef dont il avait salué la nomination récente d'un haussement d'épaules dédaigneux, publiquement affiché.

On l'avait présenté à la commissaire Lise Guillaume comme un représentant de la police d'époque, une antiquité sans valeur, qu'elle devait tolérer encore dix-huit mois avant sa mise à la retraite.

Un des deux commandants qui l'avaient accueillie en présence d'un major et d'un brigadier avait été clair sur la question de l'inspecteur Guise : « Un vieux con. » Diagnostic ratifié par un hochement de tête de tous les témoins.

La commissaire Guillaume était respectée.

Quarante-cinq ans, trois ans adjointe à la brigade de répression du banditisme, deux à la brigade criminelle, jusqu'à une blessure par balle au genou droit qui lui avait laissé une boiterie légère mais suffisante pour réorienter sa carrière.

On lui avait proposé des placards au ministère, mais elle avait su négocier. Elle aimait l'ambiance des hommes. Elle était une des rares femmes à avoir reçu la médaille d'honneur pour acte de courage. Elle avait scellé avec sa blessure le respect de tous les officiers qui avaient travaillé avec elle.

Lors de leur première entrevue, c'est la fidélité du personnage au tableau qu'on lui en avait fait qui retint son attention. Guise l'observait sans aménité, de côté, un peu à distance.

L'œil mauvais, le rictus dédaigneux, la peau humide, le parfum tabac-bière, il avait tout. Il déroulait silencieusement le catalogue de la médiocrité. C'est précisément ce qui touchait la commissaire, le côté complet et ce quelque chose qui lui rappelait son père, le « las » dans les gestes, dans le regard, dans la manière. Elle avait d'emblée décidé de bien l'aimer. Malgré les jugements contraires.

Guise n'avait pas l'habitude des appréciations favorables.

Concernant ses relations avec la commissaire, son avis restait encore en suspens. Il avait interrogé Roussin pour qui les choses étaient toujours simples : « la perdrix » se foutait bien de sa gueule.

Guise ne s'était pas marié, sa famille s'était consumée sans génération à venir, il lui restait une sœur dans le Nord qui n'aimait pas les flics. Il avait vécu seul. Il avait sur les femmes les mêmes opinions que sur les homosexuels, les communistes et le poisson mal cuit. Arrêtées.

Sa vie était parfaitement dénuée de sens, mais il avait son but, sa grandeur d'homme insignifiant : il voulait arrêter un criminel. Pas une petite racaille comme celles qu'il avait poursuivies sans entrain tout au long de sa carrière. Non, un homme authentiquement menaçant, si possible d'une classe sociale supérieure, intelligent, arrogant et qu'il confondrait seul.

CHAPITRE 8

Trois indices

Quand il entra dans le cabinet du docteur Petit-Jean, André Guise sentit l'affaire. Les bras en croix de la victime lui donnèrent le sentiment d'un appel. Les cadavres des suicidés étaient le plus souvent recroquevillés sur eux-mêmes. Ce qui dans son esprit obéissait à une logique indiscutable. Un homme qui voulait mourir se devait d'être recroquevillé dans la mort comme dans la vie. Il y avait dans le corps ouvert du médecin une sorte d'extase étrange qui allait contre la fermeture corporelle et spirituelle imposée à un candidat au suicide. Et l'arme glissée sous l'armoire à distance et dans une direction opposée aux mains ouvertes du cadavre était un indice supplémentaire.

Il fouilla le pardessus que la victime avait pris soin d'accrocher au cintre unique du vestiaire à l'entrée du bureau en l'enveloppant d'une housse de protection. Nouveau point insolite qui lui parut signifiant. Il trouva dans une poche un paquet triangulaire qu'il déplia avec précaution, sans avoir omis de passer les gants de rigueur. Le paquet s'ouvrit sur une tartelette jaune qu'il identifia du premier coup d'œil. Il nota sur un carnet le troisième indice troublant après la position du corps et la place de l'arme : la tartelette au citron non consommée. Il écarta la preuve du pardessus sur le cintre, trop mince à ses yeux, bien que dans une telle situation, qui, en dehors peut-être de lui-même intimement attaché à l'ordre des choses, aurait pris la précaution de ranger aussi bien ses affaires avant le saut dans l'autre monde ?

Il demanda à interroger la gardienne. Le chat l'accompagnait. Sa mère tenait son poignet. Elle raconta à l'inspecteur l'histoire de sa découverte. Elle répéta sa déclaration au mot près : rien entendu, rien vu, entrée par hasard dans le bureau dont elle avait la clé, à la recherche de sa fille qui se faufilait partout. Elle insista sur les épreuves que le ciel envoyait à ceux qui n'avaient pas démérité et sur les prières qui n'étaient pas exaucées. Elle pensait que l'inspecteur, qui avait de l'instruction, ne la démentirait pas. André Guise, dont la dernière préoccupation spirituelle remontait au jour de son baptême, ne démentit rien. Il restait concentré sur la petite fille étrange qui regardait fixement un point derrière lui. Ou plutôt, lui semblait-il, à travers lui. Il essaya de trouver un sourire aimable dans les fonds de sa mémoire, mais le sourire tourna en grimace sur son visage usé et le regard du chat ne se détourna pas. Il agita sa main devant ses yeux sans les faire cligner. Sa mère hochait la tête dans une attitude d'affliction épaisse, sans lâcher le poignet de sa fille.

— Elle est un peu… murmura-t-elle à l'adresse du policier.

— Et le docteur ?

— Un brave homme.

Il égrenait les questions dont il connaissait par avance les réponses. La gardienne n'avait rien remarqué et l'emploi du temps du médecin n'avait pas varié. Pas de femme, avait-elle précisé, anticipant une question qui ne lui avait pas été posée. Guise l'écoutait distraitement, son attention suspendue au regard du chat, le plus intense qu'il ait jamais croisé. Des yeux de nuit, deux amandes noires sur un visage très allongé, très pâle et d'une beauté suffisante pour effleurer la lointaine surface de son cœur. Il se retourna pour suivre l'axe du regard et découvrit la cible. Le petit paquet triangulaire qu'il avait laissé sur le bureau de la victime. Les yeux du chat avaient déjà consumé la tartelette du docteur Petit-Jean. L'inspecteur réprima le curieux désir de lui tendre la pièce à conviction qui avait peut-être de l'importance, comme tous les détails négligés des affaires criminelles. Il ressentait ce que le docteur Petit-Jean avait ressenti auprès du chat. Ce que tout le monde, avec un peu d'attention, devait ressentir auprès du chat.

Guise chassa son émotion d'un revers de main sur son épaule, comme s'il effaçait une poussière ou une pellicule. C'était son geste quand une humeur ou un sentiment tranchait sur le vide intérieur auquel il s'était fait. Quand son cœur battait, il avait ce réflexe d'effacer quelque chose sur son épaule.

Il congédia la gardienne et sa fille et poursuivit l'exploration du bureau du psychiatre. Sans rien trouver d'utile. Il récupéra le carnet de rendez-vous et dicta sur son portable les noms des derniers patients, qu'il envoya par mail au service de recherche de la brigade. Il demanda un relevé d'empreintes complet dans chaque pièce du cabinet, puis quitta les lieux du crime, encore habité par le regard du chat sur ce qui avait été le dernier présent au monde du docteur Petit-Jean.

CHAPITRE 9

Les hiboux

Pierre Mourange traversa les allées de l'EHPAD. Il croisa le patient du premier pavillon qu'il connaissait bien et que personne n'arrivait à tenir dans sa chambre. Sur son balcon, immobile à sa fenêtre, le vieil homme le regardait avec le même air interrogatif des premiers jours. Il le salua sans attendre de réponse.

Le site se partageait entre trois bâtiments anciens qui ressemblaient à des maisons de maître, très hautes, rectangulaires avec des briques rouges apparentes, des fenêtres cintrées et des noms stupides qui les désignaient. « Le hameau », « La crèche », « L'oasis ».

Il était plus de minuit, l'heure de retrouver les « hiboux ».

Il avait joint sa femme et sa fille, bloquées par l'alerte attentat aux portes du royaume du docteur Petit-Jean. Le brouillage des communications avait empêché tout contact. La batterie vide de son portable avait complété la géométrie silencieuse de cette soirée. Ni l'une ni l'autre ne s'était inquiétée. Les silences et les retards de Pierre ne retenaient plus les attentions. Il leur avait annoncé qu'il dormirait à Gouvieux, comme il le faisait souvent en cas de rendez-vous matinaux, pour éviter de prendre trop tôt la route.

Inutile de l'attendre, avait-il précisé.

Inutile précision.

Les quarante-cinq minutes séparant son domicile parisien de son bureau de Gouvieux avaient aidé à masquer l'éloignement véritable avec la femme qui ne partageait plus sa vie qu'en apparence. Les départs quotidiens justifiaient une partie du temps passé l'un sans l'autre. Mais au retour, l'écart entre eux se reconstituait, sans excuse. Il ralentissait souvent sur la route de Paris. Il choisissait les itinéraires les plus longs que rien n'imposait. Combien de kilomètres de détours inutiles avaient été déjà perdus ? Sans elle. Sans lui. Combien de kilomètres séparaient Pierre et Isabelle Mourange ? Quelle distance à franchir pour se rejoindre, sur des routes dont personne ne voyait la fin et qui demandaient pour être parcourues plusieurs vies et des efforts démesurés à leurs deux cœurs. Il n'aurait jamais cru cela possible.

Mais sa femme n'était pas seule en cause. Son désamour touchait à plus grand, au monde qui l'entourait. Le désamour universel ne s'incarnait que pour cacher sa réelle étendue. On pouvait concentrer sa tristesse, ses regrets, ses larmes sur les épaules de celui qui vous avait blessé ou de celle qui vous avait laissé s'éteindre dans son cœur. Mais la vérité était plus sombre. Lorsqu'on n'aimait plus l'autre, c'est qu'on n'aimait plus rien.

Raison pour laquelle toute rupture était beaucoup plus grave qu'elle n'y paraissait.

Il frissonna dans le froid du parc.

Comment expliquer cette perte d'amour global ? Il était plus simple de tout réduire à une histoire de couple, bien à distance de l'horizon véritable du désamour. Trop vaste pour être pensé, trop lourd pour être supporté. On pouvait encore croire à une question de personne ou de moment et qu'il suffirait après un peu de temps de reconstruire en piochant dans ses réserves. Mais en réalité, on ne conservait pas ses capacités d'amour intactes.

— T'as une sale gueule, docteur.

Les hiboux avaient depuis longtemps inversé leur cycle veille-sommeil. Ils n'étaient plus ses patients, mais ses amis de nuit, Nikolas et Boisvieux.

Un jeune médecin à la blouse de fer à qui il avait confié la responsabilité du suivi des soins de l'établissement lui avait déclaré que leur état ne justifiait pas une prise en charge dans le cadre des critères établis par la Sécurité sociale. Son rapport avait été clair : « Dépendance psychique et physique insuffisante et pas de nécessité d'une surveillance médicale quotidienne. » La conclusion était sans appel : « Indication d'une résidence autonome ou de soins à domicile. »

« Indication de rester avec moi », avait corrigé Pierre Mourange, en faisant jouer sur son assistant une autorité qu'il n'avait pas l'habitude de convoquer. Depuis, le jeune gériatre évitait les chambres 3 et 5 de « l'oasis », où les amis de Pierre attendaient ensemble que le temps s'écoule.

— Alors la séance ?

— Passée.

Il accepta le verre de cognac trop rempli que lui tendit la main chaleureuse de Nikolas. Boisvieux griffonnait sur un carnet, dans un coin de la pièce, taiseux, l'air concentré. Pierre l'interrogea car il savait qu'il fallait aller à sa rencontre, sous peine de silence ferme. Il ressemblait à un militaire, un officier à l'ancienne. Crinière blanche, peau tannée, gueule avare en expression, lèvres fines et regard bleu métal.

L'ambition littéraire de Boisvieux ne s'était jamais éteinte. À la différence de sa gaieté, dont il avait perdu la trace depuis un unique chagrin d'amour. La fugue de son sourire avait résisté à toutes les recherches. Il avait écrit plusieurs débuts de livres. Pierre les avait soumis à Camille qui les avait jugés comme de grandes œuvres potentielles. Mais Boisvieux ne dépassait jamais la page cinquante de ses projets.

— Ça va l'écriture ?

— Oui.

— C'est quoi ?

— Un début.

— Quel titre ?

— *Périr.*

Nikolas acquiesça avec respect, comme il le faisait toujours quand Boisvieux déclarait quelque chose.

— Une comédie ? tenta inutilement Pierre pour dérider l'indéridable Boisvieux, qui lui lança un regard sévère.

Il leur décrivit sa soirée sans famille, l'heure passée devant le docteur Petit-Jean. Il parla du revolver dans le tiroir. Point qui éveilla la curiosité de Boisvieux, ancien juge d'instruction placé à sa demande en maison de retraite d'une vie professionnelle qu'il avait prolongée jusqu'à son extrémité la plus administrativement tolérée. Il était passé de son bureau à « l'oasis » sans intermède. Du palais de justice au palais des vieux. Ses proches lui rendaient souvent visite. Il observait qu'il était moins heureux de les voir arriver que de les voir partir. Il prétendait que les visites fatiguaient son cœur et demandait qu'on les espace dans la mesure du possible. Son cœur était aussi solide que celui des jeunes infirmiers dont il appréciait le voisinage. Ses enfants l'aimaient avec sincérité et regrettaient son isolement. Il avait anticipé les venues hypocrites et les sourires forcés en leur donnant tous ses biens. En réalité, Boisvieux n'aimait partager sa vie qu'avec deux personnes, Pierre Mourange et Nikolas dont il n'arrivait jamais à prononcer exactement le nom de famille.

Nikolas Kostrowitzky-Balka était un inventeur, Polonais d'origine, ingénieur de très haut niveau, retraité, un peu accidenté vasculaire mais encore productif, spécialisé dans la lumière et la rébellion contre la société sécuritaire. En Pologne, ses travaux sur l'holographie étaient toujours cités dans les facultés scientifiques et son livre sur la nature quantique du photon réédité chaque année, en attente d'une mise à jour que Nikolas remettait à un avenir qui reculait. Il continuait à inventer. Par crises. Souvent après des mois d'une apathie que Boisvieux accompagnait avec patience et amitié, l'aidant pour les nécessités quotidiennes. Lorsque Nikolas émergeait des sables de la mélancolie, il retrouvait pour quelque temps une vivacité intellectuelle hors du commun. Sa dernière invention : un casque de moto et une ceinture de sécurité holographiques. Illusions parfaites qui permettaient de circuler comme bon vous semblait en prenant le risque d'une fracture et d'un hématome mais sans vous faire arrêter à chaque coin de rue par les flics ou les miliciens des villes, gardes du corps des contrariétés légales.

Pierre avait expérimenté avec délice la ceinture virtuelle, en tournant librement dans la ville de Chantilly à la recherche des contrôles hostiles et impuissants qui fleurissaient à chaque rond-point. Le procédé était d'une fiabilité absolue.

Dès qu'une décision de protection obligatoire était infligée à ses prochains, les cellules grises de Nikolas, docteur en physique des particules, se mettaient à phosphorer et brisaient la léthargie que son cerveau mité par les attaques vasculaires leur imposait, pour renaître avec une surnaturelle énergie.

Il prétendait être un bienfaiteur de la cause féminine, ayant résolu le problème du voile dans les pays musulmans, remplacé par un hologramme savant qui permettait aux femmes de sortir cheveux au vent, en toute sécurité, les gardiens des mosquées n'y voyant que du feu.

Nikolas habillait les choses de lumière.

Boisvieux l'aimait beaucoup, même s'il le traitait parfois avec rudesse. Élancé, le visage fin, sans relief, prolongé d'un bouc blanc, des lunettes rondes chargées d'épais verres de myope, une pâleur anémique aggravée par le gris ténébreux de ses costumes toujours identiques, il ressemblait à un instituteur convalescent d'une longue maladie.

— À ta santé, docteur.

Pierre leva son verre rempli d'un alcool inutile. Sa tête tournait déjà et le parfum lourd de l'huile qui avait imprégné son corps entre les mains de Fanfan lui donnait une sorte de mal de terre nauséeux. La soirée était floutée. Le visage du docteur Petit-Jean lui apparut, avec un regard bienveillant, posé sur lui.

« Cherche-Midi », se dit Pierre en laissant la brûlure du cognac s'éteindre lentement dans sa bouche.

« Cherche-Midi », murmura-t-il avant de s'assoupir.

CHAPITRE 10

Camille

Il se rapprocha de la jeune fille assise derrière un pupitre installé sur le trottoir au croisement de la rue Montmartre et de la rue Bachaumont. Une pancarte à l'allure officielle avertissait : « Mesure du trafic piétonnier ». Elle pointait sur les promeneurs un objet qui ressemblait à un compteur électrique. Il la regardait de loin et avait tenté un sourire qui n'avait obtenu aucune réponse. Elle l'avait vu pourtant, puisqu'elle lui avait ostensiblement tourné le dos. Elle était jeune et belle pour résumer. Les vingt ans facile, un joli corps aux reliefs discrets, des pommettes saillantes, des yeux noisette, une peau transparente sans maquillage et des cheveux teints en mauve. Il s'approcha d'elle.

— Vous comptez les gens qui passent ?

— Non, je compte les cons qui passent.

— Et je suis sur la liste ?

— Je sais pas encore.

Elle s'écarta pour viser un groupe de touristes qui traversait. Il la suivit en insistant.

— Y a un profil ?
— Y a un profil.
— Par exemple ?
— Par exemple celui qui m'interroge pour savoir ce que je fais.
— Ah bon.
— Oui, ça met une option, déjà.
Camille prit ses épaules et embrassa ses joues.
— Salut Mathilde.
La jeune fille abaissa le pointeur en souriant.
— Salut Camille.
Il resta à côté d'elle en suivant les chiffres qui tournaient sur le compteur.
— T'en as pour combien de temps ?
— J'arrête, j'en ai marre.
Elle le suivit vers Le Tambour, un bar où Camille avait sa table. Ils s'installèrent côte à côte.
— Tu fais un stage dans la rue ?
— Non, c'est pour mon mémoire.
— Un mémoire sur les cons ?
— Non. Sur les intégrales des mouvements de foule et les algorithmes qui permettent de les prévoir.
— D'accord.
L'air impressionné de Camille réjouit Mathilde. Il commanda une pinte pour oublier les intégrales, elle prit un verre de rouge pour l'accompagner. En face, une jeune tige sèche et moche indiquait une poubelle à un brave type qui venait de jeter son mégot dans la rue, en lui donnant une leçon bruyante de savoir-vivre.

Un couple qui poussait un bébé geignard vint prêter main-forte à la militante du comportement vertueux et le coupable finit par ramasser son déchet, l'air penaud, avant de disparaître. Les trois pions de la propreté s'entre-félicitèrent. Le plus âgé des trois avait une petite trentaine d'années. Le bébé releva le niveau de son monde en hurlant comme si on l'écorchait vif. Ils tournèrent en rond dans la rue, devant la terrasse du café, tout à fait indifférents à leur pollution sonore.

— T'as remarqué qu'il y avait de plus en plus de connards à Paris ?

— Oui, répondit Camille, c'est normal, le con est devenu une espèce protégée. C'est le couvre-feu pour les autres. La ville n'autorise la circulation que des gardiens de l'ordre moral, les surveillants qui font respecter les vertus civiques et chassent les dissidents. On n'arrête pas de féliciter les cons, donc ils montent en puissance. C'est l'effet récompense. Quand tu es montré en exemple, tu prends de l'assurance. Ils forment l'axe du bien, ceux qui pensent air pur, trottoirs propres, vélos, trottinettes, tous les jours décorés du grand ordre des aseptisés, dans les journaux, sur les murs, à la télé. Ça finit par leur monter à la tête toutes ces félicitations. Maintenant, ils seraient capables de t'étrangler pour t'apprendre à respecter l'oxygène. En t'en privant radicalement. Leurs mains gantées de vert ne laissent pas d'empreintes et ils ont un bon avocat, Maître du Comme il faut, un ténor du barreau qui obtient toujours la grâce des criminels qui agissent en état de légitime morale.

— C'est pas seulement Paris…

— Non, c'est sûr, c'est un grand sujet la connerie, ça dépasse nos murs, c'est de la sociologie et de la médecine aussi. C'est le quatrième agent infectieux reconnu après les bactéries, les virus et les prions : très contagieux, très virulent, très présent. Avec la démographie galopante, le problème ne peut que s'aggraver. Je vais écrire un livre là-dessus. Il y a une étude anglaise. On a perdu 14 points de QI depuis l'époque victorienne. À chaque génération, on devient plus con. C'est scientifiquement prouvé et ça s'accélère. Des Norvégiens qui viennent d'étudier la question prévoient une perte de 7 points de QI pour chaque nouvelle génération. Ils ne proposent pas de solution sauf manger plus de poisson, mais c'est des Norvégiens.

Camille laissa passer quelques secondes de réflexion.

— La vérité, Mathilde, c'est que les hommes d'aujourd'hui sont objectivement plus crétins que ceux d'hier. Il n'y a pas d'explication certaine. On constate seulement que les gens intelligents se reproduisent moins que les cons. À force, ça peut jouer. Le taux de fécondité est un bon indice du taux de connerie. Ils progressent ensemble. Faire des enfants renseigne sur l'irresponsabilité des gens mais aussi sur leur QI. Dans le monde animal, moins tu as de neurones plus tu te reproduis. Regarde les insectes, à cette minute même dans le monde, il y en a dix milliards de milliards qui continuent à pondre des œufs. Les poissons sont cent mille fois plus nombreux que les humains. L'anchois européen nous bricole cinquante mille ovules par tête, en moyenne. On peut pas dire que ce soit le gratin de la pensée. Non ?

— Ça interroge, dit Mathilde en allumant une cigarette.

— Oui. Et il y a un rajeunissement aussi. Ce qui signifie que les vieux cons de demain seront beaucoup plus cons que les vieux cons d'aujourd'hui, compte tenu de leur démarrage plus rapide. Le monde à venir sera donc forcément plus décérébré que le nôtre, c'est mathématique.

Mathilde acquiesça. Ils trinquèrent doucement, en effleurant leurs verres.

— Ton père m'a appelé.

— Pour hier soir ?

— Oui.

— Le quartier était bloqué, on n'a pas pu y arriver. Les textos passaient pas.

— Je sais, il m'a raconté. Tu l'as eu depuis ?

— Non.

Mathilde aimait Camille. Il avait toujours été dans sa vie, intimement. Elle ne disait jamais qu'il faisait partie de sa famille. Il faisait partie de beaucoup plus, de toute l'affection qu'elle avait peu à peu retirée à son père. Camille était son parrain et avait toujours fidèlement tenu à oublier chacun de ses anniversaires depuis sa venue au monde. Elle n'avait pas le souvenir d'un seul cadeau et pour ses étrennes, c'était souvent lui qui lui demandait un petit dépannage financier. Mais il était l'unique personne avec qui elle se sentait absolument bien. Sans besoin.

Il lui demanda une cigarette et ils restèrent côte à côte à fumer sur la terrasse. Il déplia son journal et lut tranquillement pour lui-même, tandis que Mathilde profitait du soleil pâle en fermant les yeux. Ni l'un ni l'autre n'aimaient parler des choses. Le silence ne les gênait pas, ce qui finalement est une preuve assez fiable d'amitié entre deux êtres. Mathilde ne demandait jamais un avis à Camille, elle ne l'appelait pas quand sa vie lui paraissait tourner en rien. Elle l'aimait trop pour lui demander un avis. Mais Camille traînait toujours sur son chemin. Chaque semaine, il la trouvait et le plus souvent quand il fallait. Quand elle était en compagnie, il passait avec un petit geste de la main. Et c'était tout. Précisément, pensait Mathilde, c'était tout.

Elle eut une seconde d'émotion en le regardant. Il avait vieilli. Il ressemblait à son père. « Comme un frère », comme disait tout le monde. Il avait des cernes plus bas qu'à l'accoutumée et le regard un peu voilé.

— Tu es fatigué ?

Camille la regarda, l'air grave.

— Fatigué de quoi ?

— Je ne sais pas.

Elle sentait que Camille voulait lui parler. C'était un exercice qu'il ne maîtrisait pas. Son écriture compensait le défaut. Avec les mots à dire, Camille était maladroit. Il lui arrivait de parler comme un écrivain avec des formules, des dialogues qu'il s'appropriait et qui appartenaient à des personnages. Mais pour ce qui comptait, les mots de soi, Mathilde savait Camille désarmé. Il s'agissait de son père, bien sûr. C'est cela dont il parlait le plus mal, comme tout ce qui touchait son cœur de près. Elle savait ce qu'il voulait lui dire, mais elle ne l'aidait pas car elle ne voulait pas qu'il s'en aille trop vite.

Que s'était-il passé ?

Personne ne pouvait mesurer ce que son père avait été pour elle. Comment, après tant de temps partagé, de preuves données l'un à l'autre, s'étaient-ils autant éloignés ? Même si elle l'avait décidé, elle aurait été incapable de rompre avec celui qui avait été la clarté de son enfance. En lui, pensait Mathilde, en lui seul se trouvait la source de tous les éloignements. Aurait-elle trahi mille fois sa confiance, ce qu'elle n'avait pas fait, il resterait la source et lui seul avait le pouvoir de la tarir.

Et comment pouvait-on se séparer de ce qu'on avait à ce point aimé ? Car son père l'avait aimée au-delà du possible. Elle le savait. Parfois, elle se demandait ce qu'elle avait pu accomplir. Quel acte irrémédiable avait brisé leur lien. Mais Mathilde n'avait commis aucun acte irrémédiable. Et pourtant, une faille s'était ouverte. Dans ses profondeurs disparaissait sa confiance et bien plus que sa confiance, son pardon. Jamais elle ne pardonnerait sa propre tristesse, la violente tristesse qui avait brisé son élan vers les autres. Elle sentait la résistance en elle qui ne cédait pas aux bons courants, le frein à la vie.

Pour cette tristesse-là, l'homme le plus aimé de la terre ne méritait aucune chance de rachat.

— Tu devrais appeler ton père, dit Camille.

CHAPITRE 11

Les allochtones

Pierre avait quitté les hiboux tard dans la nuit. Avant de rejoindre la chambre de secours qu'il occupait souvent depuis ces derniers mois, il traîna dans le petit parc qui entourait les trois bâtiments. Il avait reconduit Boisvieux dans sa chambre, monacale. Rien sur les murs, rien sur les meubles, mis à part une photo de Ginger Rogers dans les bras de Fred Astaire, à côté du lit.

— Ils m'aident à dormir, avait dit Boisvieux.

Pierre l'avait assisté. Les épaules et les hanches de Boisvieux étaient figées d'arthrose et chacun de ses vêtements se transformait en armure dont il fallait forcer les charnières. Impossible de se déshabiller seul. Boisvieux n'acceptait d'aide que de Nikolas et de Pierre. En leur absence, il dormait habillé, chaussures aux pieds.

Pierre marcha quelques minutes, jusqu'à un banc un peu reculé vers les arbres. Il s'assit dos aux maisons, face à la brume. Une fraîcheur douce descendait des branches. Les lumières tamisées de la ville laissaient une clarté jaune entre les feuilles. Il y avait quelque chose d'indulgent dans l'air. Il pensa à son père et aux autres aussi, les beaux morts, Fred et Ginger et ceux qui dansaient avec eux. Il ferma les yeux et eut le sentiment d'être caressé. Une grande main qui lui rappelait celle de son père précisément, en largeur, en douceur. Il avait quitté le monde depuis longtemps, mais la main était restée, ce qui prouvait qu'elle s'incarnait dans la sienne sans y être tout à fait puisqu'elle lui avait survécu. Auprès de ceux qu'il avait aimés aussi, plus tard, il avait cherché la même grande main, spirituelle et amie, et l'avait trouvée aux heures difficiles.

Il se réveilla tôt. Il s'était endormi très vite, après le parc. Les quelques heures de sommeil avaient été précieuses. Il se sentait bien. Il prit une douche, doubla son café et descendit vers son bureau. Le docteur Crapal allait apparaître à huit heures précises. La porte s'ouvrirait sur un petit homme pressé qui aurait grimpé directement les marches conduisant au bureau de Pierre, sans passer par le sien, pour faire le point.

« Faire le point », règle matinale et militaire du docteur Crapal, surnommé « Crapaud » par les hiboux qui aimaient l'entendre au pluriel. Il était bizarrement jeune, sur la frontière de la quarantaine. Il ne faisait pas plus, pas moins non plus, mais il n'avait pas les marques de reconnaissance de son âge. Le regard ne brillait pas, la démarche manquait d'impulsion, la jeunesse avait laissé un mot d'absence à sa place encore tiède mais vide.

Il prenait garde à son physique et reprochait à Pierre de négliger le sien. Ce qui était vrai mais surtout sans importance.

Pierre l'avait surpris à vélo un jour dans les rues de Gouvieux. Il pédalait casqué et masqué, une dossière rigide cachée sous sa veste et des coudières pour protéger ses os.

À l'évidence un homme qui tenait à la vie, autrement dit un être antipathique.

Pierre se méfiait de ceux qui n'entretenaient pas d'amitié avec la mort. Ils n'étaient pas de vrais amis de la vie. Ils pouvaient paraître lui manifester bruyamment leur attachement en ne sortant jamais sans protection, sans revêtir un uniforme défensif pour chaque activité en plein air, sans serrer leur ceinture de sécurité au moindre pas, sans surveiller tous les paramètres de leur biologie, l'état de leurs poumons, de leur cœur, de leur cerveau… tout cela ne faisait pas des amoureux de la vie, mais des comptables qui augmentaient leur recette de jours. Ils surveillaient leurs dépenses, en jugeant sévèrement les cigales qui laissaient couler leur santé entre leurs mains, hommes sans conscience.

Il n'y avait pas de réponse claire à la question de savoir pourquoi certains préféraient au pollen quotidien le miel noir que Pierre Mourange et ses deux amis aimaient butiner ensemble. Parce que c'était peut-être là et nulle part ailleurs qu'on s'amusait, chatouillé par les doigts des ombres.

Chacun d'entre eux avait la même déconsidération pour ceux qui voulaient vivre et en affichaient la volonté, comme un talisman contre l'angoisse de disparaître. Boisvieux était le plus radical : les gens qui prétendaient aimer la vie méritaient de mourir douloureusement. Ils les appelaient « les allochtones », ceux d'un autre espace, d'une autre culture, dont il fallait admettre l'étanchéité parfaite. Les deux espèces étaient non miscibles, les acteurs insolubles entre eux. Mais comme les vrais amis de la vie se reproduisaient peu, l'avenir jouait en la faveur des comptables.

Au contact du docteur Crapal, Pierre ressentait une intense lassitude. Ils n'avaient aucune préoccupation commune. Pierre lui reconnaissait une qualité d'organisateur et de gestionnaire, mais c'était surtout sa paresse qui le poussait à lui témoigner sa confiance en lui abandonnant toutes les tâches qui l'ennuyaient. Il l'avait associé aux décisions administratives en signant les délégations de pouvoirs nécessaires pour le représenter à chacune des réunions hebdomadaires imposées par la direction.

Crapal accomplissait ces tâches avec fierté, en détaillant chaque effort fourni sur des petites notes quotidiennes que Pierre, à son arrivée, repoussait vers la corbeille de son bureau. Crapal occupait officiellement le poste de médecin coordinateur, ou « Medec ». Il n'appréciait pas ce titre sans racine. Acronyme, abréviation, il ne tolérait aucune réduction. Raison pour laquelle il avait accepté celui d'« assistant » qui, à une époque ancienne, désignait un grade élevé dans la hiérarchie hospitalière.

L'assistant avait pris de l'assurance, à mesure qu'il avait senti l'affaiblissement de son supérieur.

« Affaiblissement », diagnostic erroné comme à l'accoutumée, car il s'agissait beaucoup plus exactement d'un « détachement », pour chacune des pièces qui formaient le fragile puzzle d'une vie que Pierre ne vivait plus. Et ce détachement était une preuve de force et non de faiblesse contre les fatalités médiocres qui tournaient autour de lui.

Son assistant convoitait sa place, il se demandait comment la lui arracher alors qu'il la laissait traîner derrière lui, comme un chiffon à ramasser.

Pierre essayait de réduire les échanges quotidiens, mais Crapal discutait chaque décision, surtout les plus futiles. « Faut me convaincre » était sa phrase. Elle réglait le sort des conversations. Pierre revenait à l'étymologie. Convaincre : vaincre les cons. Il n'avait plus l'âge de dépenser une telle énergie.

Accoutumé à son silence qu'il tenait pour un aveu de soumission, l'assistant lui tendit, lors de la réunion du jour, un mémo rédigé la veille analysant les dépenses comptables prévues pour le mois à venir. Sur la nécessité de changer les verrous usés de la pharmacie et sur la double signature exigée pour le bon de commande, Crapal demandait un temps de réflexion.

— Je ne suis pas encore convaincu.

— Prends ton temps, répondit Pierre.

Et il s'éloigna vers le coin le plus reculé du jardin où l'on ne rencontrait que des cygnes.

CHAPITRE 12

Blanche et Gabriel

Il attendait le déjeuner avec Camille.

Tout au long de la matinée, il avait reçu des familles qui espéraient une place pour l'un des leurs. La maison était complète, c'est la mort qui libérait les lits. Et les patients mouraient lentement à Gouvieux, statistiquement cinq à sept ans plus tard que la moyenne nationale. On n'allait pas jusqu'à le lui reprocher mais il sentait une contrariété en filigrane dans les courriers qu'il recevait de l'Agence régionale de santé. On ne pouvait pas mettre cette bonne évolution sur le compte du climat, particulièrement pourri dans cette région de l'Oise, froide et humide neuf à dix mois de l'année. Le sang picard coulait dans le voisinage, réputé pour nourrir des corps solides, mais la Picardie n'englobait pas dans le cœur des peuples concernés la région de Chantilly trop parisienne à leurs yeux. L'entêtement à survivre dans l'EHPAD de Gouvieux était un mystère.

En fin de matinée, sa secrétaire avait reçu un coup de téléphone inhabituel. Un commissariat de police à Paris lui demandait de rappeler dès qu'il le pouvait. Le nom de l'inspecteur Guise et son numéro direct avaient été soigneusement retranscrits par Blanche, l'être humain le plus présent dans la vie de Pierre Mourange dont elle partageait le quotidien depuis plus de vingt ans.

Blanche avait décidé qu'il serait son seul amour, Pierre sa seule secrétaire.

Ils ne se comprenaient pas.

Pierre ne lui voulait aucun mal et remerciait le ciel d'avoir mis sur sa route une femme aussi dévouée, d'humeur absolument égale et pour laquelle il ressentait de la considération et une réelle amitié. L'idée que Blanche puisse avoir des sentiments amoureux pour lui ne traversait pas son esprit, d'autant que, catholique très pratiquante, elle ne pouvait pas concevoir une relation autre que désincarnée avec un homme marié. Pour évacuer tous les doutes et peut-être les tentations, elle prétendait qu'elle avait un homme dans sa vie, dont Pierre prenait régulièrement des nouvelles. Elle lui avait donné un prénom : Gabriel, comme l'ange ; une activité professionnelle : juriste, comme son père et une maison en Normandie, comme celle de ses rêves de petite fille, où elle disait passer ses vacances et parfois ses week-ends. En réalité, Blanche ne quittait pas Gouvieux. Elle était d'ailleurs une femme qui ne quittait rien. Elle habitait le même appartement près de l'église que ses parents lui avaient légué à leur mort. Elle y avait vécu depuis sa naissance hormis la semaine d'hospitalisation à Creil que sa difficile mise au monde avait imposée à sa mère. Elle était fidèle en habitudes, avait gardé ses amis d'enfance, un chien mort plusieurs fois mais dont elle avait racheté, au bout de chaque deuil, le frère presque jumeau. Elle n'était pas ennuyeuse, elle était seule. Les voisins l'aimaient beaucoup, elle avait la réputation d'être drôle, son physique n'avait que très peu changé depuis son entrée au service de Pierre. Femme élégante, mince, élancée, cheveux clairs tirés en arrière, beau regard direct et silhouette qui n'avait pas conservé les empreintes du temps. Elle tenait les rênes de sa vie, en les bridant, ce qui lui avait fait économiser de la jeunesse. Elle s'était toujours méfiée du bonheur. Elle avait croisé sa route une ou deux fois, mais ne s'était pas laissé prendre. Superstitieuse. Le bonheur portait malheur. Elle le savait, aussi vrai qu'un chat noir pouvait vous exposer à de graves déconvenues.

— Comment va Gabriel ?

— Gabriel va bien.

CHAPITRE 13

Inuites abandonnées

— Tu t'amuses ?

Pierre regarda Camille et leva son verre. Il acquiesça en demandant la carte pour commander. Ils s'étaient rejoints au Sylvia, un vieux restaurant plein de gravures de chevaux, où ils avaient leurs habitudes sur la grande rue de Chantilly.

Camille venait en train, son permis envolé dans les ciels des contrôles d'alcoolémie. Pierre allait le chercher à la gare de Chantilly. Ils faisaient le crochet par l'EHPAD pour saluer les hiboux qui aimaient leur visite puis repartaient de Gouvieux pour retrouver leur table au Sylvia.

Camille ne demandait jamais comment Pierre allait. Il avait abandonné depuis longtemps le « ça va ? » qu'il trouvait vulgaire et l'avait remplacé par « tu t'amuses ? », que l'expression assez misérable de la majorité des interlocuteurs recevant la question rendait drôle à ses yeux.

Une vie amusante… Pierre savait ce que cela signifiait pour Camille.

Une vie amusante après 40 ans, pour des personnes de sexe masculin aux revenus suffisants, respecte un cahier des charges standardisé : alcool et filles. Anges gardiens déchus des âmes terriennes.

Pierre avait bu avec Camille. Trop à une époque, jusqu'à un trouble du rythme cardiaque qui lui avait fait peur. On lui avait prescrit des médicaments pour empêcher son sang de coaguler. Il y avait toujours une symbolique à chercher dans les médicaments qu'on recevait. Pour une vie qui ne cessait de se durcir, les anticoagulants étaient parfaitement indiqués.

Pour le reste… Les filles coûteuses lui avaient paru coûteuses. Et peu à peu, il avait trouvé des excuses pour éviter les soirées drôles. Camille avait fini par le trouver sinistre. Pierre ne jugeait pas sa vie. Il l'enviait quelquefois pour la forme. Il savait qu'il n'avait pas ce qu'il fallait pour vivre cette vie-là. Le bon mental. Cette manière de ne pas donner de valeur excessive à ce que l'on fait. Pour Pierre, ce qu'il faisait ne glissait pas sur sa peau, mais la tatouait. Des tatouages d'actes, un peu partout sur son corps. Il n'était pas capable de vivre les choses sans séquelles. Camille avait ce pouvoir, lui, de laisser filer les dépôts sur son cœur, sur sa mémoire, avec l'eau de sa douche.

Pierre ne pouvait pas.

La morale et la volonté n'avaient rien à y faire. Sa femme le félicitait souvent parce qu'il ne fumait pas. Mais il ne fumait pas à cause d'un asthme qui ne supportait pas la cigarette. C'est son asthme qui ne fumait pas. Lui voyait avec désir la fumée relaxante plonger dans les bronches de ses amis fumeurs qui continuaient à lui offrir des cigarettes, par humanité, qu'il portait à sa bouche sans les allumer.

On est presque toujours félicité pour des comportements qui ne doivent rien à notre volonté. Les soirées de Camille étaient l'équivalent du tabac pour ses poumons. Désirées mais non tolérées.

Il aimait le retrouver avant que la nuit ne s'ouvre trop, à l'heure des projets encore un peu lucides. Pierre ne s'était jamais lassé des projets de son frère de cœur. Camille voyait loin et jeune. Un avenir sans famille, sans contraintes, tracé de voyages autour du monde, de rencontres, de mouvement. Ils avaient abandonné la plupart de leurs amis communs, qui tournaient en rond dans le jardin de leur retraite à venir. Tous cultivaient un minuscule potager où poussaient des racines d'amertume et de déclin, sèches mais sûrement caloriques puisque tous avaient pris du ventre.

Pierre ne partait pas avec Camille, ils n'allaient jamais loin tous les deux, mais chacun partageait cette idée que la vie méritait un bouquet final. Et chacun se sentait capable, un jour, d'une action d'envergure.

« À nos âges, les Thermopyles seraient une formalité », disait Camille.

— J'ai vu Mathilde, elle t'embrasse.

— Non.

— Quoi non ?

— Je sais qu'elle ne m'embrasse pas.

Pierre ne voulait pas parler de famille avec Camille, ni de famille, ni de métier, ni d'événements. Il voulait parler de ce qu'il ne vivait pas. Camille le sentait et il avait toute une réserve de « non-vécu » pour lui.

— Tu sais où sont les plus belles femmes du monde qui ne disent jamais non à un homme aussi mûr que toi ?

— Non, répondit Pierre, intéressé.

— C'est pas une information gratuite.

— Tu me dois trois mille euros depuis cinq ans.

— OK. Au pôle.

— Une femme m'attend au pôle ?

— Une Esquimaude.

— Ah d'accord, si on en est aux Esquimaudes...

— Oui, des Inuites abandonnées. Elles ont besoin d'être en couple pour avoir la nationalité danoise et les aides de l'État. Ça les rend peu sélectives. J'ai pensé à toi et à moi puisque je t'accompagne. Comme ça, on pourra aussi chasser l'ours.

— T'es bien dans l'air du temps, Camille : la chasse des espèces protégées et l'exploitation sexuelle des femmes en souffrance.

Camille acquiesça en ouvrant la carte.

— Qu'est-ce que tu veux manger ?

— J'ai faim.

Avec Camille, Pierre avait faim, alors qu'il mangeait sans désir la plupart du temps. Avec Camille, il avait envie de voyager alors qu'il ne bougeait de nulle part, de rencontrer des aventures et des aventurières, alors qu'il ne rencontrait personne, et de manger gras, alors qu'il picorait comme un moine des aliments sans goût.

Il respirait en observant Camille qui analysait avec la plus grande attention le menu du jour avant de commander large, sans prendre son avis, à un serveur bouffi de respect.

Ils accueillirent sans réticence une bouteille de rosé, un côtes-de-provence que Camille servit en annonçant une sœur jumelle à venir. Pierre se reposait. Dans l'espace d'amitié calme qu'il avait habité dès leur première rencontre sous les poutres humides du dortoir de la pension où ils avaient traîné ensemble, à l'époque où leurs parents désespéraient de faire d'eux quelque chose. Ils en avaient fait des amis inséparables qui s'étaient soutenus dans les nuits tristes de cet établissement du Nord, vers la frontière belge, où s'entassaient les fils incapables de familles fortunées.

C'est là que Pierre avait été malheureux pour la première fois. Il se souvenait de ses larmes les vendredis sans départ où les enfants du coin retournaient chez eux en narguant ceux des grandes villes qui restaient sur place. Il se souvenait aussi des consolations de Camille qui avait le cœur moins tendre que lui.

— Et ta famille ? demanda Camille.

— Et la tienne ? répondit Pierre.

— La mienne, c'est la tienne.

Camille était veuf et orphelin. Il agitait volontiers son double drapeau noir. Pour émouvoir et séduire les cœurs compassionnels. En réalité, il avait perdu ses parents au bout d'une longue vie paisible qui s'était éteinte doucement alors qu'il fêtait sa cinquantième année et sa veuve était un service rendu à la sœur d'un ami ukrainien qui avait eu besoin d'un passeport et qu'il n'avait rencontrée qu'une seule fois avant de la perdre de vue jusqu'à sa disparition accidentelle en voiture dans une banlieue de Kiev.

— Je vais divorcer, déclara Pierre, auquel le rosé montait aux tempes.

— T'as bien raison, dit Camille qui ne discutait pas les décisions déjà prises.

Camille ne parlait jamais d'Isabelle et ne prenait pas sa défense, point inhabituel pour un homme qui, à jeun, défendait presque tout le monde. Pierre se demandait s'il s'était passé quelque chose entre eux. Mais la réponse n'avait plus d'importance.

Il n'avait plus que Mathilde dans sa vie.

CHAPITRE 14

Les matières solides

Il refusa la deuxième bouteille de rosé que Camille finit par lui faire accepter. Ses joues étaient pourpres et un bon sourire d'ivrogne barrait son visage. Pierre le jugea inhabituellement arrondi et soufflé, tout en admettant que ses jugements immédiats avaient une valeur incertaine.

Ils regardèrent le spectacle de la salle qui se vidait. Près d'eux, une femme enceinte jusqu'aux épaules accablait des souffrances de son corps un mari résigné, sous la protection silencieuse d'une amie droite et sans sourire qui acquiesçait, en mère d'expérience, à la grande histoire de ses veines dilatées, de sa vessie hyperactive, de son hypersalivation et de son humeur changeante.

Le mari buvait autant qu'eux, mais seul.

Les femmes partageaient bruyamment leurs bulletins de santé et s'étendaient sur les banquettes qui les séparaient.

Elles ressemblaient à des murs, des murailles en pierre faites pour qu'on bute dessus. Elles étaient sans couleur. Nature. Aucun effort pour relever la donne biologique, refus de tout signal de séduction, bien décidées à s'imposer telles quelles au regard de leur prochain pour le priver de fantasmes jusqu'à inanition.

Ils avaient chacun la même allergie aux femmes nature, les fermières des villes, lavées au savon, le cheveu filasse, habillées en marron avec du tissu épais. Sans maquillage, le teint écologique sans volonté de nuire à la planète mais terriblement toxique pour le désir des hommes et avec quelque chose de piquant en elles. Au sens propre. Un pull râpeux, une jambe moins lisse. Un côté ronce.

Ces deux-là avaient uni leurs forces contre eux pour les assombrir.

Camille avait raison, quand il écrivait que le monde était rempli d'assassins jamais poursuivis qui vous travaillaient à coups d'arme blanche invisible, de lame cachée dans leurs yeux, dans leurs mots, dans leur façon d'être. Les gueules antipathiques, les cons des champs, les cons des rues et les femmes sans séduction.

Il avait donné des cours de littérature dans les beaux quartiers de Paris, à des épouses à la retraite d'une vie sans travail. Aucune ne rattrapait l'ennui par une petite note de sensualité. Un dièse de sophistication. Aucune n'effleurait les touches noires qui donnent la nuance. Il perdait souvent le fil de son cours devant le clavier froid et monochrome de ses élèves qui le faisait irrémédiablement penser à sa fin prochaine.

— Oublions-les, dit Camille.

Mais les deux voisines ne se laissaient pas faire, rétives à la dissolution. Elles s'échangeaient des conseils de santé sonores en tournant ostensiblement le dos au mari tout à fait indifférent à leur dédain.

Ils entendirent l'aveu de l'amie protectrice et comprirent la racine de son air supérieur qui chassait tout espoir de sympathie d'un visage plutôt harmonieux sous le chignon sévère qui rappelait à l'ordre.

Sa voix portait. Elle avait eu treize enfants.

Le chiffre les fit douter au début. Mais comme elle le répétait à la fin de chaque phrase, le doute n'était pas permis.

Il y en avait d'ailleurs quelques-uns qui tournaient dans les parages, des poux dissemblables qu'ils n'avaient pas reliés entre eux.

Ils s'arrêtèrent sur un spécimen particulièrement remarquable, qui suçait un cornet de glace à quelques centimètres du nez de sa sœur qui en avait été privée et pleurait des larmes épaisses comme les coulées de vanille que les doigts du monstre laissaient pendre.

Il prenait son temps, le petit chacal, en inclinant les boules vers le nez mouillé de la fillette, aussi vilaine que lui, mais éclairée par la dignité que donne le chagrin.

Le front bas, les yeux pincés, les lèvres minces coupant un mauvais sourire, le garçon soutenait sans faillir les regards des témoins passifs. Pierre et Camille le contemplaient comme une singularité de la nature. Repoussante mais digne d'intérêt.

Il y a des enfants qui ont l'air naturellement méchants, se disait Pierre. Des sales gueules qui ne doivent rien aux violences de la vie encore pacifique avec elles, et qui anticipent stupidement la charge d'amertume, de tristesse, de souffrance promise. Crétins prophétiques, impatients de rejoindre leur chemin de croix.

Sans descendance, Camille avait pour les enfants une appétence très limitée. Sa proposition d'interdire la vie aux moins de 18 ans n'avait pas emporté tous les suffrages à l'époque où il rédigeait des manifestes pour une société meilleure. Pourtant, l'idée méritait d'être examinée.

La mère multiple ne surveillait personne. Elle soupirait sans interruption. Treize enfants, à l'évidence, ça lui avait porté malheur.

Aux yeux de Pierre, comme à ceux de Camille, elle posait deux énigmes : treize relations sexuelles à visée reproductive et treize relations sexuelles.

Quand Camille était ivre, il devenait vite incontrôlable. Par précaution, Pierre, qu'aucun alcool n'énervait jamais, vida le verre de son ami, pour le rationner. C'était le moment qu'il préférait, l'ivresse avec Camille, pas tant pour la détente intérieure, la seule que lui accordait la routine de son existence, mais pour la voix de Camille, quand il se mettait à partir avec ses idées et ses phrases en s'emmêlant au passage des unes aux autres. Camille disait que pour lui, l'écriture était une manière de se taire. L'alcool rattrapait tout ça, le rendait lyrique et transformait toutes les conneries qu'il déclamait en paroles de sagesse.

Jamais Pierre ne cesserait de louer les bienfaits de l'alcool.

Il lui devait tellement.

Il avait protégé sa santé des menaces les plus graves, l'anxiété, la dépression, éclaireurs de toutes les maladies en devenir. La vodka avait été la femme de sa vie. Protectrice, caressante, fidèle, mère de détente, d'oubli et de sommeil. Des gouttes rosées perlaient au fond de son verre et il les contemplait dans la lumière du Sylvia comme des œuvres d'art. Elles chatoyaient dans son obscurité de vieux pub anglais. L'alcool était bon et beau.

Camille inspira un grand coup, signe de révélations importantes à venir.

— Il n'y a que deux matières solides émises par le corps humain, Pierre : la merde et les enfants. Toute femme enceinte devrait méditer cette évidence et réfléchir à l'idée que surestimer l'une revient à surestimer l'autre.

Camille s'arrêta pour chercher des signes d'encouragement sur le visage attentif de Pierre qui finit par acquiescer, après une courte réflexion pour vérifier la pertinence médicale de cette vérité. Il pensa aux calculs rénaux et biliaires, candidats éventuels, mais il s'agissait de situations pathologiques. Il n'avait donc rien à ajouter.

— Oublions-les, répéta Camille.

La petite fille sanglotait au milieu du restaurant, ignorée des siens. Un éclair de compassion traversa le cœur du serveur qui avait dû subir des humiliations, lui aussi. Il sortit de sa cuisine un cornet de vanille pour la victime dont les yeux s'asséchèrent instantanément. La joie de la réprouvée apparut aussi violente que son désespoir, elle réchauffait les cœurs déjà tiédis d'alcool de Pierre et de Camille qui lui consentit même un sourire.

— Non !

La voix claqua comme un fouet.

La mère se leva d'un bond et rattrapa la petite dont la bouche collait déjà à la glace qu'elle lui arracha sans un mot. C'est ce silence qui parut le plus injuste à Pierre. La mère désigna du doigt un coin du restaurant pour renvoyer la coupable à l'écart et tendit la glace au serveur en le blâmant à voix basse. Elle eut alors une irrésistible pulsion qui n'échappa pas au regard à nouveau humide de sa fille. Elle passa sa langue sur la vanille interdite avant de la rendre pour la faire disparaître tout à fait.

Camille et Pierre ne disaient plus rien. Ils observaient la scène qui ne semblait intéresser aucun autre client du restaurant. Camille écarta son assiette.

— Elles me coupent l'appétit ces deux morues.

Les voisines surprirent leur regard sur elles et refermèrent le petit espace qui les séparaient, en se rapprochant l'une de l'autre comme les volets d'une fenêtre.

Camille se leva.

Quand il le vit arriver à leur table, le mari se dit qu'il connaissait ce visage. Il chercha dans sa mémoire le souvenir d'une rencontre agréable, car l'homme lui parut plaisant.

Camille se posta sans un mot face au groupe et monta à sa bouche le mégot d'un cigare qui traînait dans sa poche. Posément, il alluma l'extrémité noircie à la flamme de la bougie vacillante au milieu de leur nappe et fit rougir la braise d'un bel éclat pourpre. Il expira ensuite une longue fumée toxique sur le nez des deux gardiennes de l'espèce qui restèrent quelques secondes dans un état de sidération absolue. L'épouse jeta un regard enragé vers son mari qui cuvait calmement en cherchant toujours le souvenir bienveillant qui ressemblait à Camille.

Le serveur intervint très vite.

— Il est interdit de fumer dans le restaurant.

— Je ne fume pas, coupa Camille superbe.

— Non ?

— Je purifie.

Les deux harpies se levèrent ensemble pour reculer loin du nuage de fumée objectivement fétide du mégot que Camille abandonna dans le cendrier tendu par le serveur. Il retourna ensuite à sa place avec majesté, en écrasant au passage le pied du petit chacal.

Pierre salua les actes héroïques.

Il regarda le retour de Camille comme une scène au ralenti. Il marchait léger au cœur du restaurant. Avec un parfum autour de lui que Pierre ne sentait pas, mais qu'il percevait d'une certaine manière. Des fragrances de liberté, de fantaisie, de désir. Camille souriait. Il y avait de la grâce en lui. Pierre le trouva beau. Comme une femme.

Il en avait le prénom d'ailleurs. Camille. Il convenait bien. Ouvert à tous les genres. Amitié s'accordait au féminin et c'était justice. Les amis passaient leur temps à se séduire d'une façon ou d'une autre, à danser, comme un couple, à juste distance. La distance d'amitié précisément, où personne ne se touche. Même musique pour tous les sentiments, amis, amants, parents, enfants… même valse.

Pierre aimait valser avec Camille. C'était simple.

Ils quittèrent le restaurant, les derniers. Camille proposa une cigarette que Pierre glissa dans sa poche et ils marchèrent côte à côte, sans presser le pas jusqu'à la voiture.

Pierre le déposa à la gare et attendit le départ du train sur le quai, comme il faisait toujours. Il ne s'en allait qu'après avoir reçu le geste de Camille à travers la vitre, la rotation rapide de la main, le signe de détresse des plongeurs sous-marins, leur vieux signe de reconnaissance.

En quittant la gare, sous la pluie perçante du jour, Pierre vit l'image de sa vie en équilibre sur des piliers flottants. Un ami écrivain qui n'écrivait plus, une fille aimée qui ne l'aimait plus, une femme lointaine qui s'éloignait, une secrétaire fidèle dont il trompait l'espérance, un assistant qui n'assistait que son déclin. Il passa devant la vitrine d'une boutique de toilettage pour chien. Des affiches vantaient les mérites du meilleur compagnon de l'homme. Il resta devant la photo agrandie d'un cocker qui paraissait indulgent en se disant qu'un animal pourrait ne pas être complètement inutile pour la suite de son existence.

Il prit la direction de Gouvieux à travers la forêt mouillée. Il alluma ses phares dans le brouillard facile à pénétrer et se rapprocha de l'EHPAD.

« *Fragilité… Je ne suis entouré que de fragilité. Je marche sur une couche de glace qui s'affine au-dessus d'une eau profonde et noire. Je marche avec précaution, avec la plus grande douceur possible. Chaque jour qui passe est un exercice de douceur. La mort est au bout du chemin, au bout de la douceur, au point extrême de délicatesse…* »

Signé Camille, murmura Pierre.

CHAPITRE 15

Premier interrogatoire

— Vous avez l'air troublé.

Pierre ne répondit pas. L'annonce de la mort du docteur Petit-Jean emportait tous les mots qu'il avait à dire. Non pas que le médecin occupait une place importante dans son esprit, mais il n'avait pas l'habitude de perdre des compagnons. Sans parler d'amis, des compagnons de marche dont les pas s'accordaient aux siens.

— On interroge les patients qui l'ont consulté le jour du décès. Vous êtes le dernier.

— Que s'est-il passé ? demanda Pierre.

— C'est toute la question, docteur Mourange. Que s'est-il passé ?

Pierre essayait de rassembler ses souvenirs.

— Est-ce qu'il vous a paru différent ? Anxieux ? Déprimé ? Quelque chose d'inhabituel ?

Il secoua négativement la tête.

— Je ne crois pas.

— Vous ne croyez pas ?

L'inspecteur Guise ne le quittait pas des yeux. La liste des preuves corporelles de culpabilité tournait dans sa mémoire. Les vieux cours qu'il avait écoutés d'une oreille distraite avaient laissé une dorure à la surface de sa culture criminelle. L'expérience avait densifié la valeur des signes. Le battement de paupières en trop, les pupilles dilatées par le stress, le regard fuyant… Mais le regard de Pierre ne fuyait pas, il cherchait auprès de Guise la dernière image du docteur Petit-Jean, face à lui, face aux chaises inoccupées par sa femme et sa fille, les mains sur le parapheur fermé dont il avait signé toutes les lettres.

Guise jugeait son attitude étrange.

— Vous avez l'air troublé.

— Non, je suis juste…

Il se reprit.

— Si, troublé…

On avait relevé ses empreintes avant l'entrée dans le bureau de l'inspecteur. Il avait croisé un patient du docteur Petit-Jean dont il avait partagé le mal-être dans la salle d'attente silencieuse. Pas suffisamment pour recevoir une réponse au timide salut qu'il lui avait envoyé.

— Vous aviez des rapports amicaux ?

— Non.

Pierre corrigea.

— Enfin pas tout à fait amicaux…

— Vous pourriez préciser ?

— Je l'aimais bien. Nous le consultions depuis deux ans et demi, une fois tous les quinze jours, avec mon épouse et ma fille. On se connaissait un peu. C'est un choc pour moi.

— Vous êtes le seul parmi ses patients que j'ai interrogés à m'avoir donné cette réponse.

— C'est-à-dire ?

— Vos liens d'amitié.

— Et alors ?

— Alors, rien.

L'inspecteur Guise prenait des notes pour le procès verbal. Il remercia Pierre et désigna la porte d'un signe de tête. Il avait toujours eu une antipathie puissante pour les médecins. Qu'ils n'exercent plus n'y changeait rien. La médecine était une circonstance aggravante pour un suspect, comme l'alcool pour les accidents de la route. Il ne pouvait pas l'expliquer, mais les médecins lui avaient toujours paru être des concurrents dans ce qui faisait le cœur profond de son métier. L'humain. Autrement dit la saleté humaine. Leur prétention à travailler pour le bien de l'humanité le faisait sourire. L'agent Roussin aussi, qui jugeait que tous les médecins se foutaient bien de la gueule du monde.

Pour l'humain, l'inspecteur Guise n'avait à recevoir de leçons de personne. Surtout pas de ceux qui se croyaient supérieurs dans leur blouse immaculée d'ouvriers aux mains propres, payés comme des patrons. L'humain, il en avait été largement servi, avec beaucoup de gras autour, trop lourd pour l'estomac d'un petit docteur. Guise avait vu des choses. « Du sang versé », comme il disait à l'agent Roussin. Il avait passé sa vie avec des incurables, des individus intraitables, qui faisaient souffrir, battaient, mentaient, abîmaient et une idée s'était bien ancrée dans sa pensée : il n'y avait pas de traitement curatif pour l'humanité. Ceux qui prétendaient le contraire étaient des charlatans. Pour l'inspecteur, les antibiotiques eux-mêmes étaient des trucs de prestidigitateur, des écrans de fumée. Les infections ne guérissaient qu'en surface, les cancers évoluaient toujours et les artères se bouchaient quoi qu'on y fasse. Le médecin était sur scène pour embarquer le public, en Monsieur Déloyal d'un cirque sinistre qui promettait des merveilles qu'on ne voyait jamais. Les flics, comme Guise et Roussin, tenaient les coulisses et savaient bien la réalité des choses.

Il attendit que Pierre soit à la porte.

— La victime suivait votre famille ?

— Oui.

— Alors pourquoi l'avez-vous consulté seul, ce jeudi-là ?

— Ma fille et ma femme ont été bloquées. Alerte attentat.

L'inspecteur Guise hocha la tête et replongea dans ses notes. Il prit son temps pour lire les pages du dossier sans paraître se soucier de son interlocuteur qui attendait debout. Il le libéra avec l'air contrarié d'un homme qui n'avait pas toutes les réponses qu'il attendait. Une nouvelle convocation serait probablement nécessaire.

Pierre reprit la route de Gouvieux. La mort du docteur Petit-Jean lui paraissait irréelle. Il revoyait le visage du vieux praticien, la tranquillité qu'il avait cru y lire au jour de la rencontre avec sa famille fermée et défendue. Le long silence aussi revenait, ce face-à-face muet de la dernière consultation qui avait ouvert entre eux un passage d'intimité. Sa réponse à l'inspecteur n'avait pas été sincère, il y avait eu de l'amitié, un commencement d'amitié qui remontait précisément à cet instant partagé.

L'autoroute était vide. Il arriva vite à la sortie de Chantilly, par Survilliers qu'il contourna pour pénétrer dans la forêt. Les panneaux indiquaient les passages où les grands animaux pouvaient traverser. Il se sentit infiniment seul. Une solitude qui lui sembla presque ridicule tant sa profondeur et sa noirceur dépassaient les limites de la raison. Absurde en réalité. Nul passage à espérer dans ses étendues intérieures. Pas de grands animaux à surprendre. Pas besoin de signaler les ombres, celles qui traînaient en lui depuis l'enfance ou celle du médecin qui s'était tiré une balle dans la tête après ce silence qu'il aurait dû mieux habiter.

« Mieux habiter », se répéta-t-il.

Le suicide du docteur Petit-Jean se révélait comme une évidence inscrite dans son regard quand il avait prononcé ces mots : « Vous ne me devez rien. »

Question de regard. Réponse de regard. La vie ne devait plus rien au docteur Petit-Jean.

Il se revit avec l'arme dans sa main, le revolver qu'il avait pointé sur le fauteuil vide. Les yeux de l'inspecteur sur lui, les notes griffonnées à chacune de ses réponses prirent soudain un sens. Et il réalisa qu'il était coupable. Pas de sa façon habituelle de patient coupable des cabinets de psy, responsable de ses échecs et condamné sévèrement par lui-même à des peines d'angoisse. Non, vraiment coupable comme les coupables dans la vie, qui la risquent.

L'inspecteur Guise ne croyait pas au suicide. Le fait de n'avoir strictement aucune raison de tuer le psychiatre n'était pas un argument suffisant. La vérité était qu'il n'avait aucun alibi pour l'heure présumée du décès. L'errance dans les rues de Paris désertes, Fanfan qui ne voudrait peut-être pas le reconnaître et qu'il ne voulait pas révéler à Mathilde et les empreintes sur le revolver qu'il ne pouvait pas justifier.

— Pas bon, résuma Boisvieux.

— Et ? demanda Pierre.

— Il faut un alibi.

— Pourquoi pas nous ? avança timidement Nikolas, qui n'aimait pas interrompre la pensée de son compagnon.

— Les heures ne coïncideront pas. La caméra de l'entrée t'a enregistré autour de minuit, ce qui te laisse toujours au moins deux heures sans témoin pendant lesquelles tu aurais pu tuer le psychiatre.

— Je peux faire quelque chose pour la caméra, dit Nikolas, qui avait un jour infecté le système informatique de l'EHPAD par mesure de rétorsion après un repas qui lui avait été servi sans légumes et sans excuses.

Les obstacles techniques n'étaient pas des obstacles pour lui. Son esprit avait gardé une extraordinaire agilité dès qu'il s'agissait de manipuler des programmes. Particulièrement quand ils étaient défendus.

— Trop risqué, dit Boisvieux. Et il y a l'heure de passage de ta voiture au péage de Survilliers.

— Les péages, c'est toujours de l'informatique, nuança Nikolas.

Pierre prenait progressivement conscience de la gravité de la situation. L'accusation lui paraissait tellement insensée qu'il n'avait pas encore réussi à lui donner une existence véritable et la considérer avec le sérieux nécessaire. Mais l'air tourmenté de Boisvieux était explicite. Il allait être accusé de meurtre.

— Quand ils vont t'interroger sur tes empreintes sur le revolver, qu'est-ce que tu vas dire ?

— Je ne sais pas, que je l'ai vu dans le tiroir, ça m'a étonné, je l'ai touché et je l'ai replacé tout de suite. La vérité.

— Pas bon, dit Boisvieux.

Nikolas hocha la tête pour confirmer.

— Je peux difficilement dire que mon psychiatre m'a confié un revolver pendant une séance a priori destinée à me réconcilier avec la vie.

— C'est embêtant ces empreintes, souligna Nikolas.

Boisvieux, concentré, fermait les yeux. Nikolas reprit :

— Tu l'as touché, touché ?

— Oui, dit Pierre, je l'ai touché, touché.

— La crosse ?

— Oui, je crois.

— Et entre ta sortie du cabinet et l'arrivée ici ?

— Rien, j'ai tué le temps.

Phrase maladroite, pensa Pierre. Comme disait Camille, tuer le temps pouvait donner le goût du sang. Un effluve de gaieté l'effleura.

— Tu as tort de sourire, dit Boisvieux, il faut trouver vite une solution avant ta deuxième convocation.

— Mais pourquoi j'aurais tué ce pauvre homme ?

— C'est pas la question. Les flics ne lâcheront pas l'affaire. La raison, ils s'en foutent, il leur faut un alibi.

— Tu peux faire quelque chose ?

— Je vais essayer évidemment, mais sans alibi…

CHAPITRE 16

Dans le Gâtinais

La visite avait commencé. Crapal tenait beaucoup à l'étiquette. Tout le monde devait être là, la surveillante, les internes, les infirmières et le directeur. Pierre avait accepté.

La visite hebdomadaire lui permettait de respirer de vieux parfums de médecine en témoin lointain qui ne prenait aucune décision et ne portait pas de blouse.

La surveillante ne s'appelait plus surveillante mais cadre de santé, chargée de la gestion et déchargée du soin. Cette nouvelle qualification attristait la plupart des anciens hospitaliers. Elle s'y était faite. Elle ne quittait que très épisodiquement l'écran de son ordinateur. Pierre avait connu des surveillantes de terrain, mais elles n'existaient plus, fauchées en première ligne par les technocrates de la médecine, tuées par les balles comptables. Elle s'appelait Michèle. Pierre l'avait croisée quand il était interne et avait gardé un souvenir suffisamment favorable de cette femme dévouée et énergique pour la faire venir à Gouvieux. L'idée étant simplement qu'elle reste ce qu'elle était auprès de lui. Mais elle avait changé. L'ordinateur lui était monté à la tête. Elle s'était tellement identifiée au maître informatique qu'elle était devenue binaire. Sa vie avait pris le mouvement d'un pendule qui oscillait entre 0 et 1. Femme non décimale, sans virgule. Femme à point. Son évolution l'avait forcément rapprochée de Crapal et éloignée de lui.

Chaque semaine, elle trahissait un peu plus la confiance qu'il avait mise en elle. Elle minaudait dans l'ombre de son second et acquiesçait à toutes les protestations écrites que Pierre recevait sur son bureau, parfois signées par leurs mains réunies. Les internes aussi avaient pris le parti de l'assistant qui leur donnait des cours et les formait, comme il disait, à une « belle médecine ». Il donnait les appréciations de stage, ce qui en faisait le mâle alpha de la troupe.

Crapal paradait comme un grand patron hospitalier. Ce qui ne manquait pas d'audace pour un homme qui n'avait jamais été patron de quoi que ce soit, qui ne travaillait pas dans un hôpital mais dans un établissement d'hébergement qui n'hébergeait des internes de première année que par dérogation exceptionnelle de l'Assistance publique en manque de postes à pourvoir dans les hôpitaux de la région. Mais Crapal rayonnait. Blanche, qui suivait la visite, poussait doucement l'épaule de Pierre, qui se laissait distancer par le groupe. Les jeunes médecins négligeaient ce civil silencieux, directeur du lieu donc étranger au temple, à l'écart de l'espace sacré du soin dont ils ignoraient pourtant tout. Leurs pensées spongieuses suintaient de certitudes apprises qu'ils réhaussaient d'une touche d'arrogance personnelle.

Crapal complaisant se retournait parfois vers lui, le tutoyant bruyamment, lui accordant le privilège de partager ses diagnostics. Il finissait souvent ses phrases par un : « Tu vois ce que je veux dire ? » Pierre voyait. Pas besoin d'avoir l'œil perçant, les idées de Crapal étaient toujours en gros plan. On ne pouvait pas les rater. Question inutile donc, car la réponse tombait sous le sens. Le sens visuel, traité sommairement par le cortex postérieur, vers le fond, la banlieue du crâne, là où le cerveau lâche du lest, bien loin des régions frontales créatives riches en milliards de neurones et de connexions.

— Tu vois ce que je veux dire ?

— Oui.

Pierre se consolait auprès des vieux résidents qu'il côtoyait depuis des années et qu'il aimait bien, même si aucun d'entre eux ne le reconnaissait avec certitude. Ils ne vieillissaient pas, lui semblait-il, déjà très vieux à leur entrée, trop vieux pour vieillir davantage. Leur cerveau atrophié éteignait le feu du temps qui ne trouvait plus rien à consumer dans leurs prairies neuronales dévastées, comme l'avait écrit Camille qui aimait les belles métaphores. C'est pour eux qu'il continuait à suivre cette sinistre visite et pour Blanche aussi, qui tenait à résister à ses côtés. Résister à qui ? Pour Pierre, les gens qui l'entouraient n'étaient pas des adversaires, plutôt des étrangers qui lui donnaient l'envie de passer son chemin.

Ils arrivèrent à la chambre d'un de ses protégés que Crapal avait pour habitude de négliger. Monsieur Paul. Paul Vadas, un Hongrois d'origine, qui se portait comme un charme, cerveau mis à part, à moitié détruit par un infarctus massif dont il s'était miraculeusement remis. Crapal cherchait toujours, au cœur de ses visites éducatives, le petit signal d'une pathologie naissante. Une maladie de médecine générale à presser pour en exprimer le suc instructif. Infection urinaire larvée, langue mycosique, promesse d'escarre, insuffisance en puissance. Mais Vadas résistait à la médecine générale. En dehors de ses vieilles séquelles neurologiques dont le tour avait été fait, sa santé échappait aux fatalités. Son corps était un roc.

Crapal le trouvait antipathique.

— Rien à en tirer, je vous préviens, annonça-t-il à ses étudiants en poussant la porte de sa chambre.

Pierre se rapprocha. Le malade regardait imperturbablement les blouses se tasser dans son espace.

— C'est dans le Gâtinais, déclara-t-il à la troupe en réponse aux « bonjours » de circonstance que chacun se devait de présenter.

Crapal haussa les sourcils et jeta un coup d'œil sur les dernières courbes de tension et de température. Il palpa vaguement un ventre que l'infirmière avait trouvé gonflé et demanda à Vadas qui n'avait pas l'air de souffrir de cette palpation s'il en souffrait.

« C'est dans le Gâtinais » fut sa réponse.

Il était resté là-dessus.

Personne n'avait d'explication. Depuis l'accident vasculaire, rien d'autre, pas le moindre mot hors du Gâtinais, inlassablement répété. Pourtant, il était de la région parisienne et sa famille n'avait pas le moindre souvenir d'un voyage dans le Loiret. Mystère de la phrase ultime. Baudelaire était resté perché sur un « Crénom ! » qui avait peut-être un sens dans son cerveau gommé de syphilis et Larbaud, aphasique mais encore poète : « Bonsoir les choses de la vie. » Vadas, lui, avait choisi le Gâtinais pour finir. Et cette phrase avait le don d'exaspérer ses proches. Particulièrement son épouse, qui finissait par voir dans l'obscur Gâtinais qu'elle ne situait nulle part sur la carte de France et de sa mémoire, tout ce que son mari lui avait caché. De l'argent, une femme, une distraction qu'il n'avait partagée qu'avec lui-même. Ses soupçons avaient eu raison du sincère amour qu'elle avait eu pour lui. Pierre lui avait répété que le cerveau blessé finissait par chasser l'esprit qui l'habitait. Cela ne changeait rien. Le Gâtinais était plus fort que les théories médicales.

Pierre avait de la sympathie pour Vadas et serra sa main tremblante que les mains des autres avaient préféré éviter. Crapal sortit un stéthoscope et ajusta la membrane sur le sternum de Vadas pour écouter un cœur qui n'avait rien à lui dire. Il prit la pause méditative d'un cardiologue d'expérience qui savait lire entre les systoles.

Le silence troubla Vadas, qui cherchait des réponses aux questions que personne ne lui posait jamais. Crapal montrait à ses disciples les quatre points d'auscultation d'un cœur. Vadas réfléchissait, l'air suspendu du public autour de lui appelait à l'évidence une déclaration forte.

Après avoir passé les écouteurs aux cinq paires d'oreilles qui l'entouraient, Crapal commença sa leçon, magistral :

— Où écouter un cœur ?

— Dans le Gâtinais, hurla Vadas.

Pierre l'aurait embrassé.

Crapal, le visage empourpré, quitta la chambre sans un mot pour poursuivre son cours au calme. La troupe le suivit sans un regard pour le malade qui ne les salua pas non plus, occupé à chercher des pensées utiles.

La visite s'étira jusqu'à midi.

Pierre retourna à son bureau en compagnie de Blanche qui referma la porte derrière eux.

D'habitude, elle faisait vite retraite pour ne pas troubler la solitude de Pierre qu'elle respectait. Mais pas cette fois.

Elle restait debout, devant lui, sans un mot, empruntée.

Il l'interrogea.

— L'inspecteur Guise a rappelé, souffla-t-elle.

Le silence de Pierre la fit pâlir. Il recula dans son fauteuil, l'air absent et se pencha vers la fenêtre, vers le jardin où personne ne passait dans les allées étroites et sombres.

— Pierre ?

Il se tourna vers elle sans trop savoir quoi lui répondre.

Elle était belle, pensa-t-il, et surtout elle était là. Blanche avait toujours été là. Il ne savait pas comment lui dire. Comment dire ce que le silence entre eux disait avec plus d'éloquence. Il sentit une poussée d'amitié vers elle, physique. De l'amitié. Pourquoi, se demanda-t-il, n'avait-il plus que de l'amitié à donner ? Comme si tout l'amour dont il avait été capable autrefois avait été consommé par une existence qui s'était lassée de lui. Pourtant, il lui semblait qu'il avait fait preuve de bonne conduite puisqu'il n'avait jamais eu le courage de rompre avec quoi que ce soit. S'il avait présenté ses excuses à la vie, la réponse aurait pu être : « Il n'y a pas de mal, Pierre. » Il ne méritait pas cette sanction. De tout l'amour du monde, il ne resterait rien à recevoir, que des fragments dont il ne savait que faire ?

Sévère décision pour un coupable de moyenne envergure.

L'humidité de son bureau avait lavé les couleurs du papier sur les murs. Ils lui renvoyaient le reflet de cet amour perdu. Pas tout à fait perdu, mais terni. Il n'avait trouvé qu'une seule manière de lui rendre un peu d'éclat, en l'habillant sobre, avec une sorte d'élégance retenue qui était son idée de l'amitié. De l'amour habillé sobre. C'est ce qu'il souhaitait préserver avec Blanche. Ce style. L'amour affaibli reprendrait des forces un jour, espérait-il, auprès des cœurs protecteurs de Camille, de Blanche, des hiboux.

— Le docteur Petit-Jean est mort.

— Le psychiatre ?
— Oui.
— Mais comment ?
— Une balle dans la tête.
— Un assassinat ?

Pierre sourit tristement.

— Je ne sais pas, Blanche.

Elle hésita.

— Et…
— Et cet inspecteur pense que je l'ai tué.

Elle était si désemparée, que les mots venaient avec difficulté. Elle contrôlait mal ses émotions qui coloraient ses joues, ce qu'elle cachait d'un geste gracieux des mains jointes devant son visage.

— Je sais Blanche, c'est absurde, mais je n'ai pas d'alibi. C'est aussi simple que ça.

Les yeux de Blanche brillaient.

— C'est ridicule, vous étiez…
— Je n'étais nulle part justement.

Il s'approcha d'elle et ouvrit doucement ses mains.

— Ne vous inquiétez pas, j'ai Boisvieux et puis Nikolas et Camille…

Elle ne parut pas rassurée par l'équipe de soutien.

— L'inspecteur a laissé un message ? interrogea Pierre.
— Il faut le rappeler.

Pierre retourna s'asseoir et décrocha son téléphone. Blanche recula lentement vers la porte et hésita sur le seuil. Il saisit le bel éclat de son regard.

— Je pourrais…

Il l'interrompit.

— Je sais Blanche, mais c'est inutile.

Il chercha une phrase forte, mais ne trouva qu'un mot banal qui n'aurait pas eu sa place dans un livre de Camille.

— Merci.

Guise était absent, on mit Pierre en attente.

Une voix inconnue lui dit que l'inspecteur ne pouvait pas être joint, mais qu'une convocation à son nom avait été envoyée et qu'il était attendu rue du Bastion, le lendemain à quatorze heures.

CHAPITRE 17

Une visite inutile

Cherche-Midi.

L'inspecteur hésitait à entrer. Le jour baissait. Guise savait que cette visite était parfaitement inutile. Parfaitement ? Qu'est-ce qui, au monde, était parfaitement quelque chose ? Parfaitement imparfaite était la règle du monde. Revoir le cabinet tendu de bandes jaunes et de gaines de plastique protecteur des scènes de crime n'avait aucun sens. Difficile pour l'inspecteur d'admettre un comportement qui n'avait sa place dans aucun rapport de police. Il fit le tour des pièces pour la forme, en prenant auparavant la précaution d'entrouvrir la fenêtre du bureau. Il se sentit bien. Sensation inhabituelle qu'il repoussait toujours par instinct, mais qu'il laissa s'installer cette fois-ci. Parce que les choses se présentaient enfin précisément à son esprit. Aussi précises que des lignes tirées à la règle.

Il s'assit confortablement derrière le bureau du docteur Petit-Jean, orienta le fauteuil vers la fenêtre, mit son portable sur silencieux, dégrafa d'un cran la ceinture qui enserrait son ventre et attendit la nuit.

CHAPITRE 18

Un alibi

— Et ?

— Et c'est tout.

Camille se leva et disparut dans sa chambre.

Pierre attendit seul dans le petit salon de l'appartement du 10 rue Boissonade, une alcôve au quatrième étage d'un immeuble sans charme, mais avec une terrasse qui donnait au loin sur les lumières de Montparnasse. Pierre se sentait chez lui. Il avait retiré ses chaussures et attendait Camille, allongé sur le canapé où il avait souvent dormi au retour des nuits cahotantes de l'époque où ils voyageaient ensemble.

Camille réapparut en peignoir écarlate, une bouteille de cognac grande champagne Paul Giraud à la main, le breuvage qui désaltérait le mieux les angoisses, sans rebond secondaire. Il servit les verres jusqu'à la garde et trinqua en cherchant une phrase à dire. Ne la trouvant pas, il proposa de trinquer à rien. Ce que Pierre accepta sans résistance.

Camille était déjà ivre quand il avait sonné chez lui, mais l'ivresse de Camille, à domicile, était toujours calme et amicale. L'alcool l'habillait, comme il disait, sans lui il se sentait nu. Le cognac était donc une question de pudeur. Rien à dire.

— Ils ont appelé Mathilde et ta femme…

— Elle s'appelle Isabelle.

— Oui, Isabelle. Elles ont confirmé. Bloquées par l'alerte. Tu en as parlé à Boisvieux ?

— Oui. Il va essayer de joindre ses vieux juges…

Camille hocha la tête, l'air sceptique.

— Et Nikolas ?

— Il propose de pirater le péage pour changer mon heure de passage.

Camille leva son verre, séduit.

— À Nikolas.

Le portable de Camille sonna. Il regarda l'écran et ne répondit pas. La sonnerie en forme de clochettes carillonna longtemps.

— C'était les flics, déclara-t-il gravement.

— Les flics ?

Camille fixa le visage inquiet de Pierre et partit d'un rire large.

— Mais non, c'était mon éditeur.

— Tu réponds pas ?

— Non.

Le regard de Pierre s'arrêta sur le bureau de travail de Camille, étonnamment vide au milieu du désordre de la pièce où les livres débordaient de sa bibliothèque. Ceux qui n'y avaient pas trouvé d'espace avaient été rassemblés en colonnes de Pise qui s'écroulaient régulièrement au passage du propriétaire. Camille recevait des livres tous les jours. Quand les revenus de ses romans avaient baissé, il était devenu lecteur pour plusieurs maisons. Le salaire était dérisoire mais utile pour les dépenses quotidiennes. La location d'un appartement hérité de ses parents assurait le reste.

— C'est un peu le bordel.

— Un peu, confirma Pierre.

Camille donnait l'impression de livrer bataille contre le rangement. Combat sans merci où les dépouilles des victimes, vêtements, objets, restes de nourriture, s'entassaient sans sépulture. Le vide du bureau apparaissait comme une oasis de paix, un lieu étrange où une trêve d'ordre était respectée.

— Tu n'écris pas ?

— Pas pour le moment.

Pierre eut une idée de traitement. Il se leva et prit une pile de manuscrits qu'il étala en vrac sur le bureau. Il ramassa une poignée de kleenex qui traînaient sur le sol et les sema avant de déposer avec prudence un caleçon froissé sur le haut de la lampe. Le bureau commençait à s'harmoniser avec le reste de la pièce. Camille leva son verre de cognac.

— Tu fais quoi ?

— Je mets de l'engrais, pour faire pousser tes idées.

— T'as fait de la psy dans une autre vie ?

— Non, répondit Pierre en reprenant sa place, mais…

— Mais quoi ? demanda Camille en voyant Pierre hésiter à le rejoindre.

— À propos de psy, j'ai un service à te demander.

Pierre retraça à nouveau la nuit du Cherche-Midi. Il n'omit aucun détail. Au passage chez Fanfan, Camille le félicita. La confrontation à la PJ l'intéressa particulièrement, les indices qui rendaient Pierre coupable : la psychothérapie familiale sans famille, le dernier consultant, la position inexplicable de l'arme et bientôt les empreintes sur la crosse du revolver. Il chaussa même ses lunettes à voir de près, réflexe qui témoignait de son intérêt pour les choses, sélectif car Pierre ne l'avait jamais vu les porter pour écrire ou pour lire, carte des vins mise à part.

Il était rare que Camille témoigne un intérêt véritable pour quoi que ce soit. La dernière fois que Pierre l'avait vu vraiment concentré sur ce qu'il lui disait remontait à loin. Le soir où il lui avait raconté ses histoires d'interne et de garde, une nuit entière où avaient reflué tous ses mauvais souvenirs de médecine, les impostures du jeune praticien qu'il était alors et qu'il avait voulu chasser de lui-même, vraiment chasser, extraire comme un poison. Ses fautes aussi. Toutes ces raisons pour lesquelles il avait finalement choisi une médecine sans pratique, administrative, qui ne lui laissait que son titre, comme une étiquette collée sur un tiroir vide.

Camille en avait fait un livre.

Un roman non vécu mais plein de la vérité d'un autre. On avait loué son sens du réalisme, sa capacité à faire vivre des expériences imaginaires qui révélait la marque d'un grand écrivain. Camille avait déclaré plusieurs fois sa dette auprès d'un ami médecin, mais ce point n'avait intéressé personne.

Les meilleures pages de Camille étaient pourtant les pages de Pierre.

Pour la vie de l'hôpital, l'effroi des gardes, la manière dont les jeunesses en blouse étaient broyées là, dans des espaces blancs, stériles, où les médecins débutants et maladroits portaient des gants pour ne pas laisser d'empreintes. Il lui avait donné le fil du livre, l'erreur diagnostique d'un interne qui avait coûté la vie à une patiente.

Les yeux de Pierre s'étaient remplis de larmes cette nuit-là et sa voix était montée vers les aigus. Il avait voulu cacher son trouble, comme il faisait toujours, mais Camille avait vu et entendu. Il avait retranscrit cette émotion sans style. De manière absolument brute. Si bien que Pierre avait réellement écrit les meilleures pages de son livre. Le succès des premières lectures avait changé la donne. L'éditeur avait demandé des développements et Camille avait fait vivre l'histoire, à sa façon, en couleur. Il avait touché les cœurs et suivi le courant des émotions qu'on attendait de lui. De nouvelles pages étaient apparues, compatissantes, sa plume avait finalement réussi à modifier la réalité, à donner du charme à sa vérité tragique. Le livre avait accordé les circonstances atténuantes à son héros, ce que Pierre n'avait pas voulu. Les mots de Camille étaient devenus des mots d'excuse.

Il l'arrêta à l'annonce de sa seconde convocation auprès de l'inspecteur Guise.

— Donc… commençait Pierre.

— Donc, on a passé la soirée ensemble, dit Camille. C'est simple.

Les verres de cognac se touchèrent. Pierre buvait trop, mais pour l'heure, c'était sans importance.

L'alcool les fit reculer dans le passé, vers les souvenirs que chacun connaissait par cœur et qu'ils semblaient redécouvrir comme le goût de l'eau quand on a soif.

— Tu te rappelles ce jour…

— Quel jour ?

— Le prix pour notre livre. Quand on me l'a remis. Mon discours…

— Oui.

— J'ai dit que c'était toi qui l'avais écrit.

— C'est pas moi qui l'ai écrit.

— Je sais, dit Camille, mais…

— Je me rappelle très bien ce que tu as dit, que c'était mon histoire.

— Et que j'étais un écrivain moyen.

— T'es pas un écrivain moyen, Camille.

— C'est rare que tu me fasses un compliment.

— C'est rare que tu me fasses un témoignage.

— Un faux, justement, souligna Camille, d'un ton plus grave.

Pierre se sentit désarmé.

— Si c'est un problème...

— C'est pas du tout un problème.

Ils laissèrent au cognac le temps de brûler leur langue et dissiper ses arômes.

— Pourquoi tu n'écris plus ?

— J'ai un livre en tête.

— Sur quoi ?

— Sur la trahison.

Ils se turent sur ce mot. Le silence était rare entre eux. Mais chacun pouvait l'accepter, ils s'étaient parlé suffisamment dans leur vie, les silences avaient assez de retard sur les mots pour ne pas être embarrassants.

Pierre avait retiré sa cravate et ouvert sa chemise. Camille lui avait laissé le canapé qui avait été son territoire, comme il disait, au temps où ils vivaient ensemble presque tout le temps de leur vie.

Il chercha sous sa main la caresse de la fourrure d'un chat, qu'il ne trouva pas. Le chat était mort depuis longtemps et Camille en avait eu le cœur tellement brisé qu'il avait demandé à Pierre et à Mathilde de ne plus jamais lui en parler.

La trahison, Pierre voulait en savoir plus. Leur amitié avait connu des absences, des déserts parfois longs, aux heures du succès littéraire de Camille et de la vie irrégulière qu'il n'avait pas suivie, mais jamais la trahison.

Jamais ?

Camille ne s'en souvenait sans doute pas. Mais il y avait eu une nuit, dans le dortoir de la pension, le

29 février 1976. Une date qui ne revenait que tous les quatre ans et qu'on oubliait plus facilement que les autres. Quatre fois plus facilement. Ce soir-là, Pierre avait eu envie de mourir. Très clairement et pour la première fois de sa vie. À 13 ans, c'est une chose qu'on apprend plus tard à prendre au sérieux.

— Tu dors, Camille ?

Pierre se revoyait traverser le dortoir plein de bruit de sommeil. Il avait trouvé la traversée longue et froide. Par la fenêtre mal fermée, montaient des effluves du jardin, des odeurs de menthe, qu'il sentait encore.

Camille s'était endormi sur son dernier verre de cognac.

Pierre regardait le visage de son ami. « Épargné » était le mot qui venait à l'esprit. Camille restait aussi beau qu'avant, changé bien sûr mais avec une beauté intacte qui échappait aux flétrissures apparentes. Il avait pris du poids, des rides, ses cheveux étaient clairsemés mais la beauté restait, dans les os, la structure du visage, quelque chose de solide qui tenait au squelette et devait tenir aussi au creux des tombes.

— Tu dors, Camille ?

Oui, Camille dormait, c'était visible et pourtant la question avait un sens. Elle ne venait pas de la bouche de Pierre, mais de sa mémoire qui la murmurait souvent avec sa voix d'enfant, angoissante quand elle venait sans être appelée, en spectre, dans les silences de ses insomnies.

La traversée de l'allée froide de la pension lui avait semblé éternelle, comme si chaque lit qui en marquait les étapes reculait à son passage. Des lits courts, étroits, aux rebords de fer qui blessaient la peau.

Il s'était arrêté plusieurs fois, sur son voyage, quand les bruits du dortoir perdaient leur cadence. Et à chaque arrêt, l'idée qui l'avait fait sortir de ses draps revenait pour l'entraîner à nouveau vers Camille.

Mourir pour sortir. C'était simple. Juste une solution comme une autre pour pousser les grilles de la pension. Mais il fallait prévenir Camille. Aucune décision ne se prenait sans son accord. Rien ne se faisait sans Camille, souffle vital de Pierre sans lequel son cœur se serait arrêté de battre aux portes où ses parents l'avaient abandonné.

— Tu dors, Camille ?

— Fous-moi la paix.

Camille s'était retourné et Pierre s'était retrouvé seul. Seul à monter les marches glacées de l'escalier de fer qui s'enroulait comme la coquille d'un escargot gris jusqu'au sommet du toit.

Là-haut, il avait respiré le grand air.

Il se souvenait de sa pureté, la pureté puissante de l'air chargé des promesses de la mort. Mais Pierre ne pensait pas à mourir en enjambant la rampe de sécurité, il pensait à rentrer chez lui.

Avant de sauter dans le vide, il attendit quelques minutes en fixant l'escalier. Camille dormait toujours. Il se dit qu'il devait éviter l'arbre au milieu, le vieil olivier, le seul de son espèce à résister au climat de la région. Il laissa son corps pencher en avant et le quitter en regardant l'escalier une dernière fois jusqu'à le perdre de vue.

Une autre main que celle de Camille le rattrapa alors qu'il basculait.

Pierre redressa doucement la tête fléchie de son ami qui ronflait fort. Il la cala sur un coussin, étendit ses pieds sur le fauteuil qui faisait face au canapé et baissa la lumière.

Quand il se leva pour partir, la voix somnolente de Camille monta péniblement.

— Tu veux dormir ici ?

— Non, je vais rentrer.

— Rentrer où ?

— À Gouvieux.

— Et chez toi ?

— C'est chez moi là-bas.

— Tant mieux, murmura Camille, comme ça tu seras pas dépaysé à ton admission.

Il referma la porte de l'appartement sur la photo géante des eucalyptus arc-en-ciel du Pacifique, accrochée au mur de l'entrée. Camille avait donné rendez-vous à l'avenir, sur leur île, à Maui du côté d'Hawaii. Les eucalyptus ne poussaient que là-bas. Quand ils perdaient un bout d'écorce, des couleurs apparaissaient sur leur tronc dénudé. Du rouge vif, du jaune, du vert, un arc-en-ciel qui se levait à mesure que l'écorce se détachait. « Faudrait qu'on soit comme eux, disait Camille, avec des arcs-en-ciel à montrer sous notre vieille peau. »

CHAPITRE 19

Claudication

L'inspecteur avait l'air fatigué. Mal rasé, des cernes d'insomnie et d'alcool et des bajoues marquées, striées de rougeurs.

En entrant dans le commissariat, Pierre avait croisé une femme qui boitait. Leurs regards s'étaient rencontrés et il avait senti une connivence. Les flics la saluaient, elle portait un dossier épais et paraissait dans ses murs. La silhouette était belle. Elle s'arrêta pour prendre un café au distributeur et surprit le regard de Pierre qui la suivait dans le reflet de la vitrine contiguë qui recouvrait les affiches de recrutement.

C'est à cette femme qu'il pensait devant l'inspecteur Guise.

Depuis quelques minutes, celui-ci faisait durer le silence en pensant déstabiliser son hôte, alors qu'il le mettait simplement dans les conditions les plus familières.

Le silence était pour Pierre Mourange une compagnie souhaitable. Ils avaient partagé tellement de temps ensemble ces dernières années qu'il se sentait toujours en sécurité quand on ne lui disait rien.

L'inquiétude de cette seconde visite se diluait dans le vide sonore et sans qu'il puisse le contrôler, il redevenait médecin face à Guise. À nouveau thérapeute devant un patient menacé qui le consultait, inversant le rapport de force.

Car la santé de l'inspecteur Guise appelait à l'aide, malgré sa volonté de ne jamais demander quoi que ce soit à personne. Ses conjonctives jaunissaient dans la lumière et des taches rubis constellaient la peau de son visage et de ses mains. Son foie était à l'évidence en chemin de cirrhose, il sentait l'acétone et n'avait plus conscience du léger tremblement de ses doigts qu'il ne pensait pas à dissimuler.

L'inspecteur s'étonna que la deuxième convocation ne paraisse pas le surprendre plus que cela. Il lui en demanda la raison. Pierre ne trouva rien à dire.

Guise ne l'aimait pas, c'était clair. Il le jugeait arrogant. Au cœur même de la neutralité apparente qu'il manifestait, il sentait cette arrogance naturelle des gens éduqués et riches. Pierre ne pouvait rien contre cela.

Les caméras du quartier du Cherche-Midi l'avaient filmé le soir de la disparition du docteur Petit-Jean. Elles confirmaient ses déclarations, du moins en partie.

— En partie ? interrogea Pierre.

— Oui, répondit l'inspecteur. Vous ne m'aviez pas dit que vous étiez revenu dans la rue, bien après la fin de la consultation.

— Je suis revenu récupérer ma voiture qui était garée là.

— L'heure du décès a été estimée assez précisément entre 22 heures et 22 h 30. Vous quittez le cabinet du psychiatre vers 20 h 15, la caméra vous enregistre ensuite autour de 23 heures tout près de chez lui. Sur les autres enregistrements du quartier, vous n'apparaissez nulle part.

— Je vous ai donné mon itinéraire.

— Oui, vous connaissez bien l'endroit. Vous vous êtes promené le long d'un jardin, par des rues où vous n'avez rencontré personne, bu un verre dans un café où le serveur n'a pas reconnu votre photo. Et puis c'est une longue promenade… presque trois heures.

— J'ai passé une partie de la soirée chez un ami.

— Vous ne l'avez pas mentionné lors de notre première entrevue.

— Non, je ne pensais pas que c'était nécessaire. Pour moi, nous parlions d'un suicide, je n'avais pas réalisé que j'avais besoin d'un alibi.

— Vous n'êtes accusé de rien, docteur.

— Écoutez, je n'ai jamais fait de mal à personne, je n'ai jamais eu aucune condamnation, aucune plainte, j'aimais beaucoup le docteur Petit-Jean, c'est juste absurde.

— Il y a une chose que je voulais vous montrer sur l'enregistrement vidéo.

Guise fit pivoter l'écran de son ordinateur. Pierre se reconnut sur l'image d'une précision sans défaut. On le voyait à la porte de sa voiture s'essuyer les mains avec application comme pour effacer des traces inscrites dans la profondeur de sa peau.

— Étrange, vous ne trouvez pas ?

— Étrange de s'essuyer les mains ?

— Tout dépend des circonstances, docteur. On m'a demandé de faire un dossier d'enquête, je fais le dossier. Il faut que j'apporte tous les éléments. À ce propos, avez-vous encore le chiffon ou la serviette qu'on vous voit utiliser ?

— Non.

La réponse était venue un peu trop vite.

— Vous l'avez perdu ?

— Non, répondit Pierre, jeté.

— Pourquoi ?

— Je ne sais pas, parce qu'il était sale, on ne peut pas donner de raison à tous les gestes qu'on fait.

— Bien sûr.

Guise était satisfait. Le trouble du médecin était clair. Il lui semblait qu'il s'était un peu recroquevillé dans son fauteuil, les épaules en avant. Peu importait que le dossier ne contienne rien de suffisant, il suffisait d'attendre. Il connaissait les hommes de caractère, la trempe qu'il fallait avoir pour résister à un interrogatoire, qu'on soit coupable ou pas. Cette trempe-là, Pierre Mourange ne l'avait pas. C'était facile à renifler, la faiblesse de quelqu'un. Il y avait de la douceur dans les yeux du médecin, Guise était capable d'en reconnaître les symptômes, et de la tristesse aussi. Précisément, les deux caractères des hommes sans caractère. Guise n'était pas de cette race.

La douceur, il ne l'avait jamais connue et ne l'avait jamais recherchée chez personne. Il n'y avait que du mensonge derrière les caresses et de la manière. Les chiens étaient doux tant qu'on les nourrissait. La raison de leur douceur, c'était leur pâtée. Il suffisait de les en priver pour qu'ils vous arrachent un visage. Pareil pour les hommes.

Quant à la tristesse… Guise n'avait jamais été triste, parce qu'il n'avait jamais été gai. L'absence de contraste garantissait une certaine forme de paix intérieure. En fait, il avait baigné toute sa vie dans une telle noirceur, que les sentiments n'avaient jamais fait qu'affleurer sa conscience. Il aurait fallu sortir de soi-même pour en rencontrer un. Guise ne sortait pas de lui-même. Il était l'homme le plus triste du monde en un sens, mais il vivait sa tristesse de l'intérieur sans la contempler, ce qui justifiait son mépris pour tous les spectateurs larmoyants de leur propre pièce.

Roussin avait donné son avis sur la douceur : « Une qualité de fiotte. » Pour la tristesse, il était tombé d'accord avec Guise, la plupart des dépressifs se foutaient bien de la gueule du monde.

— Vous pouvez me donner l'identité de votre ami ?

— Camille Fusain. 10 rue Boissonade dans le quatorzième.

— Vous vous y êtes rendu à pied ?

— Non, en taxi.

Guise nota le numéro de portable de Camille et referma le dossier. Il raccompagna Pierre à la porte et serra sa main qu'il trouva humide.

— Le revolver a été envoyé à la PTS, la police technique et scientifique. On va voir pour les empreintes. Je vous tiens au courant.

Pierre traversa le hall. Il se sentait mal. Une sueur grasse plaquait sa chemise à son dos et une sensation de mal de mer faisait monter une irrépressible nausée à sa gorge. Il se dit qu'il allait perdre connaissance et trouva un siège en face de la sortie.

— Vous n'avez pas l'air bien, monsieur, lui dit le flic de faction.

— Ça va, merci.

La femme qu'il avait croisée à son entrée reparut accompagnée d'un homme en uniforme, un capitaine de gendarmerie qui écoutait avec attention ses instructions. Elle s'interrompit quand elle aperçut Pierre et se dirigea vers lui.

— Ça va ?

— Oui, merci.

Elle était moins jolie que Blanche, se dit-il, en jugeant cette pensée tout à fait inutile.

— Vous étiez chez Guise ?

Sa voix était forte et rassurante.

— Je suis la commissaire Guillaume, vous êtes médecin ?

Pierre acquiesça.

— J'ai regardé votre affaire, « Cherche-Midi », c'est ça ?

— C'est ça.

— Guise en fait quelquefois un peu trop vous savez… vous voulez un verre d'eau ?

— Non merci, je vais y aller.

Il lui tendit la main. Elle avait un regard attentif et une peau qu'il aima instantanément.

En sortant dans la rue, il se dit qu'il aurait mieux fait de raconter la vérité à la commissaire, mais son témoignage était déjà fixé dans le marbre du mensonge que Guise gardait sous clé.

Il respira l'air frais et marcha droit devant lui, sans penser à rien. Puis il se sentit accompagné. L'image de cette femme était là, plutôt bénéfique pour son cœur encore serré d'angoisse. Il faudrait la décrire à Camille, se dit-il en activant la fonction enregistrement de son téléphone, comme il faisait toujours quand ce qu'il vivait lui paraissait utile pour un livre. Camille archivait ses messages. Un mètre soixante-cinq, cheveux courts, brune, yeux verts, beau visage avec une cicatrice fine le long d'une tempe, un peu forte mais sensuelle et… instable.

Il remonta le col de son manteau et avança.

Autour de Gouvieux, les routes devaient se couvrir de vapeur. Le froid humide et sale de Paris n'était pas capable d'un brouillard de forêt, juste d'un air acide apparemment clair, mais vide de ce qu'il fallait pour s'épaissir en brume subtile. C'est la pollution qui purifiait l'air. Les petites particules invisibles empêchaient la condensation et donnaient une image de transparence sans défaut. Mais l'air pur était opaque et sa transparence trompeuse. Dans la nature aussi, la pureté était sale. Les lacs empoisonnés s'habillaient d'eaux cristallines, les terres vierges décomposaient les morts dans leur profondeur, le corps le plus immaculé était couvert de millions de bactéries.

Les rues autour du périphérique étaient sombres et à moitié désertes.

On avait bétonné ou laissé des espaces en friche à construire, défendus par des barrières en métal. Il avait garé sa voiture à Clichy.

Il traversa le boulevard de Douaumont et passa sous le périphérique où les tentes des sans-papiers étaient partout. Des groupes d'hommes aux visages décavés et fermés se rassemblaient autour d'une cigarette ou d'une bouteille. Il accéléra inutilement le pas alors que personne ne le menaçait.

Il y avait longtemps qu'une femme n'avait pas occupé aussi intensément son esprit. Longtemps aussi qu'il n'avait pas ressenti une énergie extérieure qui ne s'éteignait pas à son contact. L'image de la commissaire Guillaume était en lui. Puissante. Mais elle devait affronter les vieilles résistances, les murs que sa mélancolie avait dressés. Et Mathilde.

Il savait pourquoi sa fille ne lui répondait plus et pourquoi il l'avait perdue. Et de quelle plaie unique et large, le sang de leur affection s'écoulait. Le cours des actes ne se remontait pas. Que pouvait-il attendre de cette femme ?

L'entrée du périphérique était fermée. Il tourna vers les boulevards des maréchaux pour prendre la direction de la porte de la Chapelle. Des couples passaient sur les trottoirs, il roulait lentement pour les suivre.

Il la cherchait. Il n'avait pas vu la canne la première fois. Sa main gauche s'appuyait sur elle à la deuxième rencontre, lorsqu'elle avait parlé du Cherche-Midi, à la sortie du commissariat. Il s'aperçut qu'il ne regardait pas les jambes des femmes qui passaient mais leur manière de marcher, à la recherche d'un déhanchement, d'une claudication imperceptible, d'un signe qui, d'une certaine façon, la faisait réapparaître.

Il effaça l'enregistrement sur son téléphone.

Mieux valait ne rien dire à Camille.

Les phares l'éblouissaient. Toutes les lumières l'éblouissaient. Un ophtalmo avait diagnostiqué un début de cataracte à l'œil droit, responsable de sa gêne aux lumières vives et qu'on pouvait opérer.

Une chirurgie pour guérir l'éblouissement.

La silhouette de la commissaire restait en mouvement dans son esprit. Et tout au long de la route vers Gouvieux, il la sentit avec lui, vivante. Le gardien lui ouvrit les portes et il se gara dans la cour.

Oui, se dit-il alors qu'il montait les marches pour rejoindre sa petite chambre de l'étage, mieux valait ne rien dire à Camille.

CHAPITRE 20

Le silence du chat

Guise fermait les yeux. Il n'avait presque pas dormi. Sa nuit avait été étrange. Dans l'attente, jusqu'au lever du jour. Pourtant elle était venue. Il en était sûr. Mais sa présence avait été tellement furtive, que cette certitude s'était effritée peu à peu. Il avait continué à attendre jusqu'à l'aube qui avait éclairé de vide le bureau du docteur Petit-Jean, doutant de plus en plus. Mais elle était venue. Le chat venait toujours. L'inspecteur le savait.

Vers une heure du matin, la fenêtre avait tremblé et l'ouverture que Guise avait ménagée s'était imperceptiblement élargie. Ce n'était pas le vent, les rideaux n'avaient pas bougé. Elle n'avait fait aucun bruit, comme toujours, mais avait pris le temps nécessaire pour bien observer l'homme qui croisait sa nuit dans le fauteuil du docteur Petit-Jean. Elle avait trouvé une ressemblance entre eux. Guise n'avait pas bougé et surtout n'avait pas prononcé la moindre parole. Il avait même suspendu sa respiration pour écouter, mais le chat ne donnait jamais de bruit à personne. Le chat ne donnait rien. Pas question de retrouver le regard que l'inspecteur n'avait pu sortir de sa pensée après l'avoir croisé, assez fort pour toucher son cœur. Le chat passait trop vite.

Était-elle vraiment venue ?

Le doute était facile à dissiper. Il suffisait de retourner un autre soir au Cherche-Midi. Cette fois, il laisserait sur le rebord du bureau la tartelette au citron qu'il avait achetée le matin, dans la boulangerie voisine, à une femme au regard dur, qui lui avait fait baisser les yeux.

CHAPITRE 21

Au secours

— Quand la bêtise touche le ciel, commença Camille, elle rebondit et retombe de très haut comme une météorite, de celles qui ont fait disparaître les dinosaures il y a soixante-six millions d'années. Je crois qu'il y avait trop de connerie dans le monde avec ces grands reptiles qui ne pensaient qu'à bouffer. Ça s'est mis à enfler tout ça, à accumuler de la pression et un jour, ça a décollé, fulgurant, une fusée de connerie supersonique vers le grand plafond, aller-retour, avec toute l'énergie de la chute depuis tout là-haut. Une sorte de bombe surpuissante de bêtise nucléaire qui a tout rasé et qui n'a laissé vivants que les crapauds, les colibris, les moustiques et nos ancêtres, des mammifères pas plus gros que des hamsters. Les nains quoi. C'est comme ça que ça s'est passé.

— Oui, approuva gravement Mathilde.

Camille n'avait pas grand-chose à ajouter. Mathilde l'avait appelé pour le voir. Ce-qui était un hasard favorable. Les appels de Mathilde étaient rares. Camille avait interdit les échanges par texto le jour où elle lui avait envoyé un affreux petit bonhomme jaune avec un cœur à la bouche. Les icônes gonflaient la météorite à venir.

La matinée avait été difficile. Plus que ce qu'il avait prétendu. Au téléphone, il avait dit à Pierre que le rendez-vous s'était passé comme il fallait, déposition prise sans commentaire particulier et accueil plutôt favorable. En réalité, l'inspecteur qui l'avait convoqué si vite n'avait pas cru un mot de ce qu'il lui avait raconté. Il l'avait quitté en le mettant en garde contre les conséquences d'un faux témoignage. Camille avait fait mine de ne pas comprendre.

Mauvais personnage cet inspecteur. Aucune accroche de sympathie en lui, homme glissant, caricature de flic buté et nuisible mais pourtant bien réel, très effroyablement réel.

Il s'était étonné de son sang-froid, lui qui n'avait jamais fait preuve d'un courage excessif dans les affrontements.

Il avait pensé à Mathilde pendant les silences de l'entretien, comme il faisait toujours quand l'angoisse l'étreignait. Guise avait essayé de le pousser à se contredire sur les heures d'arrivée et de départ de Pierre. Mais Camille avait tenu calmement sa version. Il s'était dit surpris de l'attitude peu cordiale et soupçonneuse de l'inspecteur. Quand il avait donné sa profession : « Auteur », Guise l'avait regardé incrédule. « Auteur ? » L'inspecteur avait répété le mot tout bas, en tordant sa lèvre inférieure sur un sourire asymétrique qui convoquait tout le mépris du monde.

Il était heureux de voir Mathilde, vraiment. Son attachement pour elle avait grandi avec sa solitude, mais il l'aimait depuis plus longtemps. De cet amour que certains enfants créent à partir de rien. C'est sur Mathilde que sa vie s'accordait. Elle avait le cœur absolu. Elle lui donnait la note juste pour retrouver les harmonies qu'il avait perdues. Plus fidèlement que Pierre, son ami de toujours. Car, en un sens, Mathilde était plus ancienne que Pierre. Son amour n'avait pas attendu leur rencontre pour exister. C'est cela que certains enfants font, au cœur des adultes, lever les poussières, les espérances non recueillies, les émotions laissées, pour reconstruire des sentiments à la peau neuve qui ne leur appartiennent pas.

Il se souvenait de la nuit de Mathilde.

La nuit définitive de Mathilde.

Il lui semblait qu'il pouvait la revivre sans faire appel à sa mémoire, tellement ces heures étaient présentes et encore vécues. Ils étaient rentrés tard chez lui, après des rencontres et plus de verres que nécessaire. Il l'avait arraché des bras d'une femme qu'il n'aurait pas voulu reconnaître à son réveil. Ils avaient titubé jusqu'à son appartement et Pierre s'était écroulé dans le canapé. Camille avait veillé sur lui, avant de s'assoupir sur le fauteuil du salon.

L'appel de Mathilde avait fait clignoter le portable de son père bloqué sur silencieux. La lumière avait réveillé Camille. Il avait fini par répondre à la place de Pierre qui dormait profondément. Il y avait eu ce souffle au bout, la voix troublée de Mathilde redevenue petite fille et de très loin, ce murmure répété de plus en plus bas :

« Au secours… Au secours. »

Le médecin des urgences qui avait pris l'appareil avait parlé de « bêtise » et dit qu'il n'y avait pas d'inquiétude à avoir.

Mais Mathilde s'était tranché les veines.

Camille l'entendait derrière la voix du médecin. Elle répétait très distinctement et avec calme ses « au secours ».

Il avait raccroché et secoué Pierre qui avait répondu par un grognement. Il n'avait pas insisté. Il s'était habillé pour partir à l'hôpital et en sortant avait remonté la couverture sur les épaules de Pierre pour qu'il n'attrape pas froid.

Pas insisté.

Beaucoup plus tard, ces mots lui étaient revenus. Anodins en apparence, mots à bords coupants tracés sur les veines d'une amitié.

Ils restèrent tous les deux en silence à la terrasse d'un café de la rue Montmartre, les yeux sur les vitrines des restaurants vegan qui avaient surgi un peu partout dans le quartier. On ne voyait jamais sortir de gros de ces restaurants, que des allumettes avec de la peau et des os.

Camille réfléchissait aux paradoxes du temps : les lourds étaient minces, les gros étaient légers. Mathilde, qui ressemblait à un oiseau, faisait exception.

Elle surprit le regard de Camille sur les jolies jambes de la serveuse.

— Tu devrais trouver une autre femme.

— J'ai ton père, répondit Camille.

— C'est pas pareil.

— Si.

Ils virent une grande silhouette s'approcher de leur table. Camille soupira avant d'entrer en contact. Un long imperméable délavé tombant jusqu'aux chevilles et un chapeau vague donnaient à l'intruse un air d'épouvantail à moineaux. Mathilde se leva pour l'embrasser avec chaleur. Camille esquissa un signe de main pour la saluer et stopper le mouvement de flexion de son corps vers sa joue.

— Tu as l'air anémié.

Camille ne répondit pas. Mathilde rassura France :

— Il va bien.

— Non, il a le teint pâle.

La sœur de Camille était plus jeune que lui. Plus énergique aussi, plus travailleuse, plus prometteuse comme l'avait dit son père. Elle avait eu la vocation chirurgicale très jeune et promettait d'être le premier docteur Fusain de l'Histoire. Mais la première année, à une poignée de points près, lui avait fermé ses portes. Elle ne l'avait jamais accepté. L'accès au monde de la santé lui avait été refusé en tant que praticienne, elle avait trouvé une autre voie pour y pénétrer. Puisqu'elle avait raté médecine, elle était devenue malade.

Fidèle à sa vocation, elle en avait fait un métier, qui lui demandait des recherches pour identifier les maux qui convenaient le mieux à son corps. Il s'y ajoutait une pratique à maîtriser pour les vivre de la manière la plus convaincante possible. Elle gagnait relativement bien sa vie grâce aux indemnités sociales. Des aides petites mais multiples qu'elle savait dénicher au cœur des lois les plus obscures. Elle exaspérait Camille à qui elle prodiguait quelques consultations, quand il ne lui demandait rien, lui promettant des lendemains sombres donc rémunérateurs.

Camille prenait les confrontations avec France comme des exercices de contrôle de soi. Il avait décidé une fois pour toutes de ne jamais s'énerver au contact de cette sœur, dont l'effet sur sa peau intérieure était celui de la caresse d'une ortie sur un épiderme.

— Tu devrais consulter, suggéra France.

Camille acquiesça et commanda une bière. Une pinte, précisa-t-il.

France l'examinait. Ils restaient à distance l'un de l'autre. Distance de sécurité. Il y avait des années qu'ils ne s'étaient pas embrassés et Camille évitait les poignées de main, pour ne pas sentir l'index de sa sœur glisser hors de sa paume à la recherche de son pouls.

Elle ressemblait à Jeanne d'Arc, comme on l'imagine. Nature, elle aussi. Coupée au bol et n'ayant pas investi un seul écu dans la féminité. Pierre ne lui avait jamais connu d'aventure. Contrairement à l'avis général, elle n'était pas attirée par ses prochaines. Elle manifestait de la tendresse pour son généraliste, quand il renouvelait ses arrêts de travail entre deux intérims, mais dominait ses élans pour le reste du monde. France se dominait. Son père lui avait donné le nom d'un pays, elle avait réduit le projet. Elle avait limité son espace à quelques lieux, quelques rues, quelques pièces et son quotidien à quelques actes.

« Ma vie est un petit tuyau », déclarait-elle.

Mathilde aimait France, comme elle aimait tout ce qui touchait de près ou de loin à Camille. Elle l'avait hébergée quelques semaines, le temps de la mise en place d'une hospitalisation à domicile dont l'éternelle souffrante bénéficiait pour des maladies auto-immunes qu'aucun médecin n'avait jamais réussi à identifier formellement. Mais le doute profitait à l'accusée. Les maladies auto-immunes étaient une révolte du corps contre lui-même. Camille considérait avec indulgence le droit du corps de France à se rebeller.

— Tu devrais…

— J'ai pris rendez-vous, dit Camille pour se débarrasser de la conversation.

L'air satisfait de sa sœur lui donna envie de revenir en arrière. Mais il resta silencieux en profitant du sourire de Mathilde.

Sa sœur le trouvait taiseux. C'était justifié. En présence de France, ses mots perdaient leur couleur. Des vieux conflits, des enjeux rouillés devaient croiser entre eux. Camille ne se souvenait de rien de bien précis, mais les échos restaient suffisamment puissants pour altérer la fluidité de sa pensée et de sa parole auprès d'elle.

En fait, c'était cela, l'essentiel qu'on pouvait reprocher aux autres. De ne pas nous permettre de donner le meilleur de nous-mêmes à leur contact. Il y a des gens qui vous rendent silencieux même si vous êtes bavard, grossier si vous êtes subtil, obscur si vous êtes brillant. En bref, des gens qui vous expriment mal.

Il laissa Mathilde parler avec cette femme, qu'il devait aimer à sa façon, d'un amour familial, autrement dit obligatoire, comme un mariage forcé. La bière faisait son effet, soulignant les contrastes, augmentant la luminosité du monde. Mathilde subissait le questionnaire médical de France, qui s'intéressait à la prévention alimentaire de ses maladies futures.

Elle conseillait le végétalisme et le jeûne.

Le vert ou le rien.

Mathilde répondait avec ses mains, par de jolis gestes en suspension dans l'air.

La ligne blanche en travers de son poignet droit apparaissait clairement à Camille.

Jamais Pierre ne lui avait reparlé de cette nuit.

Le lendemain, il avait écouté sans un mot son récit, la nuit aux urgences auprès de sa fille, sans lui. Et quand il avait parlé de son réveil sur le canapé, le mot « impossible » avait été prononcé. Camille l'avait secoué en vain et le temps pressait.

— Impossible, absolument, de te réveiller.

« Impossible », avait bien entendu Pierre. Camille lui avait proposé une version pour Mathilde : « Tu es parti, tu as oublié ton portable chez moi, impossible de te joindre, c'est tout », mais Pierre avait préféré régler la question par le silence et « passer son chemin » comme disait Camille. Passer son chemin était sa manière avec les erreurs commises. Et le silence valait mieux que toutes les excuses, puisqu'à ses yeux, aucun pardon n'était jamais mérité.

CHAPITRE 22

Samouraï

La commissaire était seule. La chambre ressemblait à celle du *Samouraï*. Ressemblance qui ne devait rien au hasard. Elle adorait ce film. Delon allongé avec sa clope au bec et le canari qui chante dans sa cage. Elle avait acheté une cage elle aussi mais n'avait pas enfermé d'oiseau dedans. Elle fumait comme lui, à l'horizontale, sur son lit, dans le sombre, les yeux sur rien.

La balle qui lui avait fracassé le genou avait été retirée sauf un petit éclat au contact de l'artère. Il y avait un corps étranger en elle. Une étrangeté, comme celle plus diffuse de son corps qu'elle n'arrivait plus à reconnaître comme le sien. Quand elle en surprenait le mouvement claudiquant, dans un reflet ou sur l'écran d'un téléphone qui l'avait filmée, elle pensait à l'éclat. Elle y pensait sans cesse. Et sous la fumée de sa cigarette, elle revoyait Delon dans sa chambre qui laissait monter l'étrangeté suffisante pour aller assassiner des gens.

La commissaire Guillaume ne voulait assassiner personne mais laissait, elle aussi, monter l'étrangeté.

J'ai besoin de quelqu'un, se dit-elle. Vite.

Elle espérait un samouraï désarmé, sans sabre, sans revolver. Un guerrier attendri, capable de préférer la vie à la mort. On lui avait présenté des hommes. Les amies qu'elle avait gardées, les collègues de la criminelle qui avaient leur idée sur son âme sœur. Au final, elle n'avait rencontré que des flics, divorcés ou veufs. Souvent séduisants, sélectionnés avec attention par les bonnes intentions.

Tous avaient fini par s'échouer sur l'écueil qui chassait les hommes du cœur de la commissaire Guillaume. Ils proposaient des programmes, des projets de vie. Elle voulait du désir.

Elle n'avait pas mesuré à quel point son handicap l'avait tirée hors du jeu. Hors-jeu. Quand on sifflait cette faute, le match s'arrêtait.

Elle était encore séduisante, mais il y avait quelque chose que sa boiterie éteignait dès qu'elle se levait. Ses jambes fines et galbées devaient attirer les regards mais personne n'osait plus regarder ses jambes. Elle avait raccourci la longueur de ses jupes, acheté des accessoires, des bas résille, des jarretelles qu'elle avait gardés pour elle, dans le fond d'un tiroir, tellement cet achat lui avait paru ridicule.

Elle n'aimait plus les hommes forts. Elle cherchait des éclats dans les corps. Comme à l'époque où elle passait le soir à l'Institut médico-légal examiner les victimes du jour. Elle ne voulait plus ni sécurité ni protection. Son métier l'avait endurcie. La vie ne lui faisait pas peur depuis qu'elle avait failli la perdre, la solitude si. Mais n'importe quel cœur ne conviendrait pas. Cœur à éclat, cœur boiteux qui ne lui parlerait jamais d'avenir.

La grande histoire était de trouver les imperfections séduisantes. Comme celles du *Samouraï*, se dit-elle en allumant une autre cigarette.

CHAPITRE 23

Quelqu'un derrière personne

Boisvieux et Nikolas cheminaient entre les vieillards.

Il y avait longtemps qu'ils n'adressaient plus la parole à personne, prenaient leur repas à part et ne participaient à aucune activité collective. Les groupes de spectres assis côte à côte dans le jardin les regardaient passer avec une méchanceté égale dans les yeux et dans le cœur. Leur haine était simple à comprendre. Ils voulaient que le monde soit vieux avec eux. Ils traquaient tous les signaux de jeunesse pour détester ceux qui les émettaient. Et Boisvieux comme Nikolas phosphoresçaient encore dans l'obscurité de l'asile.

— Comme des vers, disait Nikolas.

— Non, corrigeait Boisvieux, comme des lucioles.

Ils marchaient encore droit, quand leurs voisins titubaient ou clouaient leur corps sur des chaises. Ils lisaient quand les cataractes plongeaient les autres dans le flou. Ils écoutaient de la musique quand les autres n'entendaient plus rien.

Les deux amis avaient uni leurs dernières forces de jeunesse. L'un sans l'autre, ils n'auraient pas pu longtemps maintenir l'écart avec les ennemis des chaises.

Boisvieux accélérait ses pas malgré l'exquise douleur de sa hanche droite bloquée par l'arthrose. Devant la terrasse, il redressait la courbure de sa silhouette pour recueillir l'élixir de jouvence de l'envie des autres. Même si la source était trouble, il y goûtait un pur sentiment d'existence.

Ils rejoignirent leur banc dans le parc, en haut d'un petit monticule qui les défendait des rampants.

Boisvieux alluma une cigarette, inspira une bouffée profonde et la tendit à Nikolas qui la retint longtemps entre ses lèvres.

— C'est grâce à Pierre qu'on est ensemble, tu sais.

— Oui, dit Boisvieux.

— C'est grâce à lui qu'on n'a pas été séparés.

— Oui, répéta Boisvieux, l'air ailleurs.

— Tu as l'air…

— Quoi ?

— Ailleurs.

— J'ai peut-être une idée pour l'affaire.

Boisvieux avait gardé des relations dans le monde judiciaire. L'une d'elle pouvait servir. Jules Chavelet, directeur de la police scientifique, dont il avait été le professeur de droit et qu'il avait épaulé lors des concours avant de le retrouver durant sa carrière sur des dossiers criminels partagés.

Leur amitié n'avait souffert que de l'éloignement géographique et de l'âge, mais Chavelet gardait de la reconnaissance pour Boisvieux.

— T'as quelque chose contre lui ? demanda Nikolas.

— Quelque chose ?

— Oui, un gros dossier pour le faire chanter.

— Pas du tout, répondit Boisvieux, qui ne connaissait à Chavelet aucune perversion utile.

— Alors quel intérêt ?

— Je ne sais pas, je réfléchis mais si on veut un accès au fichier des empreintes, c'est par lui.

Nikolas posa ses deux index joints sur sa bouche en fermant les yeux, attitude traduisant une intense réflexion.

— Souhaite-lui tes vœux, murmura-t-il.

— Pardon ? répondit Boisvieux.

— Envoie-lui tes vœux.

— Le 31 mars ?

— Oui. Il sait que tu es dans une maison de retraite ?

— Oui.

— Donc, ça ne l'étonnera qu'à moitié. C'était un ami ?

— Oui.

— Alors, il te répondra.

— Il va penser que je suis gâteux.

— Précisément, c'est pour ça qu'il te répondra. Par compassion, précisa Nikolas.

— Et alors ?

— Et alors, j'aurai un accès.

— Tu vas pirater son ordinateur ?
— Je ne suis pas un hacker, Jean.
— Ah bon ?
— Je suis un ingénieur quantique.
— Ça change quelque chose ?
— Oui.

Les deux hommes restèrent silencieux côte à côte, méditant. Chacun avait l'air d'acquiescer au même dialogue intérieur.

— Et tu vas effacer les empreintes de Pierre ?
— Les effacer, non, les remplacer.
— Par quoi ?
— Par celles de Crapal par exemple.
— Tu veux envoyer Crapal en prison ?
— Non, je veux juste l'emmerder. Et je vais mettre un tel bordel dans le fichier que personne ne s'y retrouvera plus.
— T'es capable de faire ça ?

Nikolas plongea son regard dans celui de Boisvieux et répondit d'une voix paisible :

— Oui.
— Personne ne peut faire ça.
— On devrait toujours remplacer le mot « personne » par « très peu de gens », répondit Nikolas. Personne ne pouvait craquer le génome humain, personne ne pouvait créer l'intelligence artificielle, personne ne pouvait créer les nanorobots. Au XXIe siècle, il y a toujours quelqu'un derrière personne.
— C'est beau ce que tu viens de dire.

Nikolas prit délicatement la main de Boisvieux qui enveloppa la sienne. Geste rare mais tendre entre ces deux hommes qui ne s'étaient pas quittés depuis vingt-cinq ans. Leur amour était resté caché. À tous, sauf à Pierre à qui ils devaient de partager ce lieu, la contiguïté de leurs chambres et sa protection contre Crapal. Ce qu'ils n'oublieraient jamais.

— Ça prendra du temps ?

— Il y a quelques étapes.

— Tu peux détailler ?

— On entre sur son ordinateur, puis on trouve le mot de passe d'accès au serveur du commissariat central.

— Tu fais ça comment ?

— Par un algorithme à base d'intelligence artificielle qui teste toutes les possibilités de mots de passe. Je pénètre le serveur, j'accède au fichier et je change les rapports sur les empreintes.

— L'algorithme, tu le trouves où ?

— Je ne le trouve pas, je le développe. Avec une méthode asymétrique et un nouveau chiffrement AES, Advanced Encryption Standard. Tu vois ?

— Non, dit Boisvieux admiratif.

Il ajouta :

— Tu es censé avoir beaucoup perdu intellectuellement pour être ici.

— J'ai beaucoup perdu, reconnut tristement Nikolas.

CHAPITRE 24

Une certaine trahison

Pierre était passé prendre ses affaires. Isabelle lui avait ouvert. Paisiblement. Comme toujours, avait-il pensé. Le déclin de leur relation s'était accompli là, dans le paisible.

Le rendez-vous avec les avocats était prévu à la fin de la semaine.

Elle avait gardé sa beauté. Et sa peau. Quand il l'avait embrassée, il avait senti la douceur de sa joue, la douceur passée entre eux, dans sa fraîcheur inaltérée. Le lien avec le corps d'Isabelle n'avait jamais été perdu. Il la désirait encore. Peu importait les dommages du temps, la question du corps ne se posait pas entre eux. L'amour avait vieilli, pas le désir, ce qui n'était pas le sens habituel des choses. Preuve qui le confortait dans son idée que leur couple n'était pas en cause.

Le fond réel était que Pierre ne s'aimait plus.

Lorsqu'ils s'étaient éloignés, il n'avait pas cherché d'autres femmes. Il n'avait rien cherché. Et il continuait à marquer l'écart avec tous ceux qui l'approchaient.

D'une façon ou d'une autre, il préférait les rendez-vous avec les absents.

À son réveil, il avait saisi l'absurdité de ses pensées de la veille et l'image de la commissaire avait vacillé, elle aussi.

Le vide était une solution pour vieillir sans blesser personne. Mais aucun de ceux qui l'aimaient encore ne pouvait saisir cette volonté de ne pas leur faire de mal en ne leur donnant plus rien.

« Je me vois perdre du terrain », se disait-il. Sur qui ? Sur moi.

Ne pas se quitter trop vite était la dernière grande affaire. Pierre se voyait déjà loin et son corps lent à l'arrière faisait des signes et l'appelait d'une voix qui baissait avec la distance.

« C'est de la dépression », avaient décrété les médecins, diagnostic confirmé par France, Camille, les hiboux et tous ceux qui lui voulaient du bien. Mais Pierre n'était pas dupe des diagnostics. Il n'avait juste plus envie de vivre. C'était difficile d'expliquer que l'humeur ne participait pas à l'affaire. Les psychiatres étaient faits pour qu'on ne réfléchisse pas à soi-même. Pour médicaliser. Les grands fonds qui s'ouvraient paraissaient moins inaccessibles au gré des consultations, des traitements, des promesses, ils se rapprochaient des angoisses plus superficielles des maux du corps. Angoisses de surface. Écume de chagrin.

Pierre savait qu'il ne souffrait de rien. Le problème était celui de la fin du jour intérieur. Que pouvait-on attendre des médecins... qu'ils retiennent le soleil ? Qu'ils effacent son absence lors de la nuit de Mathilde ?

— Tu penses à quoi ? demanda Isabelle.

— À nous, répondit Pierre.

Elle hésita.

— L'avocat a proposé pour la pension...

Il l'interrompit doucement.

— Je suis d'accord.

Il vit sa pâleur et baissa les yeux pour ne pas la troubler davantage. Elle avait préparé une petite valise pour lui qu'il avait remplie vite sans y prêter attention.

Elle avait ajouté ce qui manquait.

Ils se tenaient l'un devant l'autre comme sur un quai, au départ d'un train qui n'existait pas, saisis chacun par l'absurdité de la situation. Lui, debout, valise à la main, ne sachant pas partir, et elle gardant ses larmes au bord de ses paupières.

Il la quitta la gorge serrée.

« *Ne pas vivre*, écrivait Camille, *ne pas vivre au-delà de soi. Car mon amour, nous ne sommes que ce que l'on quitte.* »

De la rue, il aperçut la silhouette d'Isabelle sur le pas de la porte, manteau sur les épaules. Un taxi arrivait pour elle.

Nous ne sommes que ce que l'on quitte, mon amour.

Il marcha sans but, dans son quartier qui lui parut aussi étranger qu'un autre dans cette ville qui avait si sombrement changé. Préservée, disait-on, des énergies polluantes. Des énergies tout court.

Paris était devenu une sorte de grande nouille molle qu'on servait aux touristes, aux retraités et aux migraineux de l'âme, ceux qui avaient toujours une céphalée d'avance, qui ne supportaient rien, le bruit, les fumées, le mouvement. Les défenseurs du plat, du calme, du sain, du monde meilleur pour eux. Les chieurs. Ils avaient recouvert la ville d'un produit stérilisant. Une sorte de pesticide anti-individus, un agent vert extrêmement toxique pour les hommes de bien qui agissaient mal, un défoliant de forêts intimes qui créait du désert dans les cœurs tolérants.

Personne ne vivait ensemble. Paris était la capitale de la solitude. Pierre croisait des troupes qui ne regardaient rien, fermés sur leurs écouteurs, leurs écrans. Les travaux pullulants rétrécissaient les voies de passage. Les voitures s'entassaient misérablement dans les culs-de-sac. Il ne retrouvait rien dans ces rues, aucune complicité avec cette ville qu'il avait aimée. Il marchait plus lentement qu'avant. Il essayait de gagner des courses secrètes contre ceux qui le dépassaient, mais c'était inutile. Les passants passaient plus vite, sans avoir l'air d'accélérer tellement le pas, alors que lui s'essoufflait pour tenir leur rythme. Dernier des courses de solitude.

Une heure avant de retrouver Camille pour l'enterrement d'un éditeur. Celui de son premier livre.

Pierre l'avait rencontré quand il avait demandé son expertise de médecin sur les souvenirs de Camille, qui étaient les siens. Ils étaient restés en contact de loin en loin à travers quelques mails et des retrouvailles brèves autour de signatures. Rien de très personnel, mais une entente suffisante pour une présence à une dernière cérémonie.

L'analyse des empreintes était en cours.

Il guettait dans sa poche la vibration de son portable, l'appel de Blanche qui lui signifierait sa nouvelle convocation. Son cœur battait un peu irrégulièrement et dessinait, dans son cerveau de médecin, les silhouettes de tous les accidents vasculaires à venir. Sa gorge se serrait. L'angoisse devenait puissante et il chercha un bistro d'urgence.

La seconde bière traita la plupart des symptômes.

Il en commanda une troisième par précaution.

Après avoir quitté Isabelle, il avait appelé Mathilde et laissé sonner jusqu'à sa voix sur le répondeur.

La nuit de l'hôpital remontait au bout des bières. Comme une marée toujours haute qui venait chaque jour le noyer un peu plus.

Il n'en voulait plus à Camille. Il aurait pu lui reprocher de ne pas l'avoir traîné hors du canapé jusqu'à sa voiture, de ne pas l'avoir empoigné, trempé d'eau glacée. De ne pas avoir rendu son réveil possible et de lui avoir confisqué son rôle de père. Mais c'était une manière de ne pas affronter les choses, de trouver des arguments à dire, alors que les actes étaient sourds. Camille n'y pouvait rien. Même si, d'une certaine façon, il s'agissait quand même d'une trahison.

Une certaine trahison.

Il avait tellement pensé à cette nuit, tellement repensé toutes les secondes de cette nuit. Il se rendait à son chevet dans ses rêves, en double de lui-même, cherchant à rompre son sommeil. Il priait à côté de son corps, pour qu'on donne de la chair à ses mains impuissantes qui agrippaient ses épaules endormies. Il éprouvait chaque instant de ce temps non vécu, figé, apparemment passif mais capable d'action à distance, comme une commande de destruction lointaine, une détente que son index aurait effleurée sans y prendre garde. Il avait mille fois suivi le trajet de la balle virtuelle qui avait fracassé l'amour de Mathilde. Du canapé de Camille au lit des urgences. Et cette balle aurait pu ricocher vers Camille. Vers sa trahison. Mais non.

Au bout de toutes ces heures à tourner en lui-même, il était arrivé à la conviction que cette trahison était en réalité l'abri de leur amitié.

Abri secret dont il fallait défendre l'entrée à tout prix. L'important était que personne n'y soit mêlé. Que personne au monde n'ait l'idée de ce lieu qu'ils habitaient, inhospitalier, marais reculé où les sentiments macéraient ensemble, évoluaient selon les lois de la nature, en combattant pour survivre. Il n'y avait pas de beauté véritable dans leur relation, pas de laideur non plus. De la vie, c'est tout, comme elle avançait. Cela suffisait amplement à Pierre et à Camille sans doute. Pierre n'aimait pas les belles amitiés à montrer en exemple, à visiter dans les musées qui apprenaient la vie avec des objets morts. La leur avait sa place dans d'obscurs limons, des tourbières où des formes naissantes essayaient de se conserver. Sans autre force qu'une volonté d'être et sans valeur morale à défendre.

La question n'était pas de savoir s'il y avait des sentiments élevés entre eux, du respect, de la fidélité, de l'affection, mais de l'énergie. Pas besoin de s'aimer vraiment pour cela.

Pierre vida la fin de son verre. C'était la première fois, pensa-t-il, qu'il se demandait s'il aimait Camille.

Dans l'abri, les trahisons s'équilibraient. Le temps partagé ensemble rendait solubles les attaques que chacun avait lancé contre l'autre. Et la haute trahison de Camille ne faisait pas exception.

Il paya les bières et prit la route de l'église vers Saint-Germain. Le serveur lui rappela de ne pas oublier sa valise.

CHAPITRE 25

Job

— T'as remarqué, les enterrements, ça donne envie de baiser.

Camille n'avait pas tort, Pierre aussi avait toujours sexualisé les cérémonies funèbres. La courbe du corps noirci des femmes, les jolies jambes claires sur le fond des larmes, les voilettes, les regards qui cherchent la vie évidemment. C'est une frontière les cérémonies des morts, où personne n'a rien d'autre à déclarer qu'un grand appétit de vivre. Les femmes sont plus belles auprès des tombeaux, c'est comme une lumière qui leur va bien, floue et douce, qui brouille leurs contours et les rend appétissantes.

Le prêtre avait des inspirations subtiles. Vraiment. Il parlait du livre de Job que Dieu avait beaucoup maltraité. Comme nous.

Job se retrouvait souvent au chevet des cercueils, parce qu'il avait la tête aussi dure que le bois dont ils étaient faits. Plus on tapait dessus, plus il croyait dur.

Un vrai tronc, cet homme. Mais il avait prononcé des paroles importantes d'après le révérend :

« … *Et quand bien même on m'arracherait la peau de ma chair, je verrai Dieu. Je le verrai, moi en personne et si mes yeux le regardent, il ne sera plus un étranger.* »

Le prêtre avait répété deux fois, pour être sûr que chacun saisisse bien l'importance de l'affaire. Il avait raison. C'était regarder qu'il fallait. Regarder les choses auxquelles on ne croyait pas ou dont on se méfiait, pour les rendre fraternelles.

Camille pouvait bien hausser ses épaules d'homme qui se foutait de tout, ces mots parlaient à Pierre. C'est parce que j'ai regardé cette femme qu'elle n'est plus une étrangère.

— T'as l'air rêveur ? dit Camille.

— J'essaie de suivre la messe.

Pierre pensait bien dans les églises, l'effet de l'encens peut-être ou l'odeur des cierges ou du bois. C'était olfactif, le mystère de la foi. Les églises sentaient bon, personne ne pouvait le contester.

Le prêtre enchaîna sur la résurrection. Un chemin sur lequel Pierre le suivait moins. Un peu plus que Camille qui venait de s'assoupir et dont la tête dodelinait, mais sans réelle conviction. En vieillissant, toujours chrétien, on se surprenait à tenir un peu moins à la résurrection de la chair. L'âme pourquoi pas, mais le corps, sincèrement…

Le portable de Pierre vibra dans sa poche. Camille ouvrit un œil, puis le referma.

Ce n'était pas une convocation officielle, juste une demande de passage pour le jour même au commissariat central car un élément nouveau était apparu. On ne donnait pas d'heure. Pierre décida de ne pas attendre et quitta Camille avant la fin de la cérémonie.

Il traversa la ville sans penser à rien, surpris d'arriver si vite aux abords du périphérique. Les rues complices s'ouvraient pour son rendez-vous. Les feux passaient au vert dès qu'il s'en approchait. Il se dit qu'en coupant son moteur, la pente de la ville le ferait glisser jusqu'au porche de la police judiciaire.

Trop vite.

Il recula vers la porte d'Asnières et monta par le boulevard Malesherbes vers Villiers. Il croisa la rue de Fanfan sans s'attarder sur le néon rouge du centre de relaxation. Il tourna dans le boulevard des Batignolles vers la place de Clichy et se dit qu'il n'était pas loin du studio de Mathilde.

Il aurait fallu l'appeler.

Il prit la rue Caulaincourt et tourna autour de la butte. La distance avec le bureau de l'inspecteur se creusait et le temps ralentissait enfin. Des voitures bloquaient la sienne et les rues entonnoirs jouaient leur rôle d'obstacle aussi têtu qu'il le fallait. Il mit plus de quarante minutes à rejoindre le boulevard Barbès et la petite rue André del Sarte où vivait Mathilde, vers le marché Saint-Pierre. Il se gara un peu au-delà de l'entrée et regarda la fenêtre du premier étage pour y chercher du mouvement. Rien. Il savait qu'elle ne sortirait pas au bon moment, qu'elle ne sentirait pas la nécessité extrême de cette sortie.

Peu importe, se disait Pierre. Il se contenterait d'être là, à proximité. Pas au contact, mais là. Symboliquement, puisque sa fille ne le verrait pas et ne saurait rien de son passage.

Nature profonde de Pierre : se contenter de symboles. Se contenter de rien. C'est le sensible qui faisait toujours rupture dans son cœur. C'est avec le sensible qu'il avait signé ce pacte d'incommunicabilité. C'est à lui qu'il n'avait rien à dire. Raison pour laquelle il choisissait toujours les situations où les chances de ne rencontrer que les reflets du réel étaient les plus fortes.

Et pourtant… Mathilde apparut.

Contre toute logique puisque qu'elle n'était jamais chez elle à cette heure-là, contre toute volonté de la part de celui qui baissait la tête dans sa voiture, contre l'ordre des choses. Il trouva l'immense courage de faire un appel de phares alors qu'elle s'approchait. Un seul, se dit-il. Mathilde s'arrêta et lui lança un regard inquiet. Il crut un instant qu'elle ne l'avait pas reconnu. Mais l'inquiétude lui était bien destinée. Il descendit la vitre. Le beau visage de sa fille lui apparut de si près qu'il sentit l'air parfumé qu'elle avait déplacé. Une tendresse oubliée monta à ses yeux qu'il sut retenir au bord de ses paupières.

— Ça va ?

— Oui, je passais.

— Camille m'a dit pour le docteur Petit-Jean. C'est tellement triste.

— Oui.

— Tu montes ?

— Non, je suis convoqué.

Mathilde soupira.

— Ils sont tellement cons, ces flics.

Pierre lui sourit.

— Tu ne me crois pas coupable ?

Elle haussa les épaules. Mouvement gracieux pensa Pierre. La grâce ne quittait jamais Mathilde. Depuis l'enfance, elle faisait ombre avec elle.

— Il faut que j'y aille, dit-il.

— Oui.

Il redémarra doucement, comme si le bruit du moteur pouvait rompre ce qui restait en équilibre sur un fil sensible aux ondes. Il se laissa glisser vers les axes saturés pour redescendre lentement vers l'ouest de Paris.

CHAPITRE 26

Vivat Polska

Guise était gai.

Mauvais signe pensa Pierre. On ne l'avait pas fait attendre. Le sourire asymétrique de l'inspecteur l'avait accueilli dans une salle sans fenêtre et aux murs vierges. Il avait désigné la chaise face à son bureau et l'avait laissé s'installer sans dire un mot. Il regardait son hôte avec un air bienveillant. Proche de celui du crocodile devant un canard.

Pierre se tassa dans sa chaise.

— Docteur Mourange…

Il sentit le mot « docteur » appuyer sur sa peau comme une dent.

Guise alluma lentement une pipe préparée pour l'occasion.

— Connaissez-vous un individu du nom de Nikolas… L'inspecteur chaussa une paire de lunettes pour lire le nom sur sa fiche Kostrowitzky-Balka ?

— Oui, répondit Pierre avec une pointe d'inquiétude, pourquoi ?

— Parce qu'il a essayé de pirater les ordinateurs de l'Institut national de la police scientifique.

Pierre resta figé sur sa chaise. L'air lui manquait et sa main monta à sa gorge pour desserrer le nœud d'une cravate qu'il ne portait pas. Guise le contemplait les bras croisés, sans impatience. Bienveillant, il lui proposa un verre d'eau.

— Je…

— Un ami à vous ?

— Un patient.

L'inspecteur saisit le premier dossier de la pile sur son bureau. « Affaire Mourange ». Il laissa le temps à Pierre de lire le titre qu'il avait lui-même inscrit au feutre en grandes capitales rouges, puis commença à le feuilleter calmement. Il s'arrêta sur une page à l'en-tête de l'EHPAD de Gouvieux.

— Plus qu'un patient, selon le témoignage de votre assistant.

— En quoi est-ce que je suis concerné par…

— … par la coïncidence. Un de vos amis pirate le fichier d'empreintes de la police, le jour où l'on attend le résultat d'une enquête où vous êtes…

— Suspect ?

— Témoin.

Pierre se reprenait.

— Bien sûr que je connais Nikolas, comme tous les résidents de l'établissement. Et comme tous, il a d'importants troubles cognitifs.

— En clair ?

— En clair, il a une démence sénile.

Guise hocha la tête, l'air sceptique.

— Ça a l'air de vous étonner ?

— Oui, un peu, répondit l'inspecteur. Il a passé trois pare-feux réputés infranchissables. La chance a voulu que l'informaticien de garde soit sur place. Il a bloqué l'alimentation avant qu'il ne pénètre complètement le système. Le département informatique analyse l'affaire. Ils disent qu'ils n'ont jamais subi une attaque aussi complexe. Démence relative, donc.

— Je ne sais pas quoi vous dire.

— J'ai eu votre assistant au téléphone. Le docteur Crapal, un homme coopérant. Il vous aurait déjà notifié son désaccord pour garder cet individu. Le maintien dans votre institution ne lui paraissait pas justifié, compte tenu de son autonomie relativement bien conservée, à l'image de son état intellectuel. C'est vous qui auriez insisté.

— Et Nikolas ?

— Il est là.

— Vous l'avez interrogé ?

— Impossible.

— Pourquoi ?

— Parce qu'il ne parle que le polonais.

Pierre prit sa tête entre ses mains. La journée avait commencé par un enterrement et continuait sa marche, faux à la main.

— Vous voulez le voir ?

Il suivit Guise jusqu'à une petite salle à l'extrémité d'un couloir éclairé par la lumière blanche d'un néon que personne n'éteignait jamais. Nikolas était assis sur le rebord d'une petite chaise en métal, le dos très droit, digne. Il salua l'inspecteur et examina Pierre avec la curiosité d'un homme qui attendait qu'on fasse les présentations.

— Vous reconnaissez le docteur Mourange ?

La question ne parut pas franchir le front de Nikolas, qui prit un air parfaitement ahuri. Guise offrit une chaise à Pierre. Et d'un ton presque amical, lui dit :

— Si vous pouvez nous aider à communiquer.

Les deux amis restèrent côte à côte en silence. Pierre regardait Nikolas en coin. Il se disait que certains cauchemars devaient ressembler à cela. Une expérience de chute sans fin aux côtés d'un ami qui vous poignarde alors que vous tombez dans ses bras. Il resta fixé à l'idée que quelque chose allait briser la spirale. Une sorte de réveil surnaturel qui le sortirait de ce monde pour le faire réapparaître, ailleurs, différent et surtout seul.

Nikolas fixait le lointain, imperturbable. Il plissait parfois les yeux pour mieux distinguer les formes de l'horizon qui s'arrêtait à un mètre d'eux sur un mur sans transparence.

— Nikolas… commença Pierre.

— *Czesc* * (*bonjour en polonais), coupa Nikolas.

Guise hocha la tête :

— On en était à peu près là, avant votre arrivée.

Pierre essaya de nouveau.

— Est-ce que tu te rends compte de…

— *Czesc*, répéta Nikolas, avant de fermer les yeux, oscillant d'avant en arrière sur sa chaise, en murmurant des mots incompréhensibles.

Le regard de Guise passait de Nikolas à Pierre. Et celui de Pierre, de Nikolas à Guise. On avait montré à Nikolas des photos de lui-même tirées du dossier informatique que l'EHPAD avait transférées. Il ne s'était pas reconnu. Nikolas était du jour où il ne reconnaissait personne. Quelques objets simples lui avaient été montrés, pour tester ses capacités de reconnaissance. Chacun avait reçu un « Czesc » cordial, qui célébrait leur rencontre sans développement secondaire.

Pierre chercha un mot-clé. Une formule qui permettrait de faire basculer le rocher qui fermait l'accès. Et il ne trouva pas d'autre sésame qu'un nom qui venait toujours à son esprit quand il pensait à Nikolas.

— Boisvieux.

Guise était attentif.

— Boisvieux ?

— Je vous expliquerai, dit Pierre.

Nikolas ne broncha pas, mais au bout de quelques secondes, il désigna un point devant lui. Guise ne vit que le mur et haussa les épaules. Mais Pierre suivit la ligne exacte que le doigt de Nikolas traçait jusqu'à une fleur artificielle oubliée dans un coin de la salle d'interrogatoire et qui ressemblait à un coquelicot.

L'inspecteur Roussin fit son entrée, l'air plus poussiéreux que jamais.

Il contempla la scène et chercha le regard de Guise, qui lui indiqua un siège en retrait.

— Qu'est-ce qu'il fait ? interrogea-t-il en désignant l'homme qui oscillait comme un derviche.

Guise resta sans réponse. Nikolas avait repris son mouvement pendulaire en plus nerveux. Il marmonnait, levant parfois les mains au ciel, le visage convulsé.

— Je crois qu'il prie, dit Pierre.

Nikolas ouvrit les yeux et reprit contact avec le monde et une forme de lucidité encore partielle mais suffisante pour lancer un « Czesc » de bienvenue à l'adresse de l'inspecteur Roussin, qui le contempla comme s'il appartenait à une nouvelle espèce.

— Nikolas…

Chaque approche verbale s'échouait sur le mur du « Czesc ».

— Vous ne rendez pas service au docteur Mourange, monsieur Kostrowitzky.

— *Vivat Polska*.

— Qu'est-ce qu'il dit ? demanda Roussin.

— Je ne suis pas tout à fait sûr dit Pierre. « Vive la Pologne », je crois.

Il y eut alors un éclair dans l'obscurité. Une faille s'ouvrait, très claire, scintillante comme une issue de lumière. Pierre recula vers elle, à distance respectueuse de son corps, de Nikolas, des inspecteurs et de la situation qui lui apparut alors comme projetée sur un écran extérieur. Et il put se reposer enfin, au spectacle de lui-même. Nikolas répétait ses « Czesc » en réponse à toutes les questions avec un air décérébré qui crispait les mâchoires des deux flics, héroïques malgré leur ton de plus en plus menaçant. Roussin jeta soudain à Guise :

— Il le redit une fois, je lui casse la tête.

— *Vivat Polska*, répliqua immédiatement Nikolas pour l'apaiser.

C'est là que le second éclair traversa Pierre, plus puissant que le premier, le « Vivat Polska » traversa en lui tous ses dédales intérieurs jusqu'au fond d'or où reposait sa gaieté perdue. Et elle remonta à la surface, inarrêtable, en vague où ne manquait pas une seule goutte de toutes les joies qu'il avait mises en sommeil au cours de son existence. Toutes les joies endormies de la vie de Pierre, revécues d'un coup dans leur intensité pure. Il se leva et contourna les chaises des inspecteurs pour se tenir droit face à Nikolas.

— *Czesc*, dit-il en le prenant par les épaules pour l'embrasser.

Et il laissa aller son rire, le plus libre depuis des siècles. Rire ancien, renaissant. Et Nikolas finit par se laisser gagner lui aussi et ils s'étreignirent dans une hilarité partagée où Pierre goûta quelques secondes de bonheur absolu.

L'inspecteur Roussin jeta à Guise d'une voix amère :

— Je t'avais dit qu'ils se foutaient de notre gueule.

L'étreinte des deux hommes prit fin. Pierre reprit sa place et Nikolas son air figé. Le silence se fit lourd dans la pièce mais Pierre se sentait bien. Son cœur était lent, sa respiration posée, ses idées claires.

— Alors demanda Guise ?

— Je voudrais voir la commissaire, répondit calmement Pierre.

CHAPITRE 27

La timidité des cimes

— Vous avez un alibi ?

— Oui.

La commissaire Guillaume l'avait accueilli à sa sortie du bureau de Guise. Les inspecteurs lui avaient demandé ce qu'il fallait faire de Nikolas. Retour à l'EHPAD, avait-elle ordonné. Guise, perfide, lui avait proposé un nouvel interrogatoire qu'elle aurait pu mener seule avec un interprète, avant son rapatriement. La commissaire avait décliné après un coup d'œil amusé sur Nikolas au garde-à-vous devant elle.

Elle avait refermé sa porte et le monde était resté à l'écart.

Elle avait proposé un café que Pierre avait accepté et il avait suivi le conseil de Job de la regarder beaucoup. La commissaire Guillaume n'était définitivement pas une étrangère. Elle l'interrogeait d'une voix douce, avec une tranquillité contagieuse qui se transmettait bien à son propre cœur.

— C'est Camille votre alibi ? demanda-t-elle en tournant les pages des dépositions.

— Oui.

— C'est une femme Camille ?

— Non, c'est un ami.

Elle continuait à feuilleter les pages du dossier, sans précipitation. Puis elle leva les yeux vers Pierre et demanda :

— Pourquoi vouliez-vous me voir ?

— Votre inspecteur est convaincu que j'ai assassiné le docteur Petit-Jean, c'est juste absurde.

— Je sais. J'ai reçu le rapport d'autopsie aujourd'hui. Plutôt en faveur d'un suicide. Ils ont retrouvé des traces de poudre sur l'index droit du médecin. Mais Guise ne sera pas convaincu, il vous voit comme un criminel à l'esprit supérieur.

— Il était gaucher, déclara Pierre qui revoyait la main du médecin signer son courrier.

— Pardon ?

— Le docteur Petit-Jean était gaucher.

La commissaire Guillaume lui sourit.

— Exact, index gauche.

— Pourquoi m'avoir dit…

— Parce que je suis flic, monsieur Mourange, et que les flics aiment bien jeter des bouées pour voir si on s'y accroche ou pas.

— Et pour moi ?

— C'est plutôt bon signe votre réponse. Un coupable se serait contenté d'un rapport d'autopsie qui allait dans son sens, sans relever les inexactitudes. Et puis ça montre que vous êtes observateur.

— Écoutez…

Elle l'interrompit.

— Il avait un cancer du foie.

— Comment ?

— Oui, avancé avec des métastases un peu partout. Il allait mourir dans les semaines à venir d'après le légiste.

Pierre baissa la tête. Il se dit qu'il était le dernier médecin que le docteur Petit-Jean avait rencontré, inutile, comme toujours.

— Je ne crois pas que vous ayez tué le docteur Petit-Jean, reprit-elle. Mais j'ai une équipe, une enquête, une instruction en cours, il faut laisser tout cela se dégonfler. Je crois en votre alibi et en vous.

— Pourquoi ?

La commissaire Guillaume sourit à Pierre. Ses yeux étaient fixés sur lui, simplement, sans manière. Un regard franc avec une sorte de curiosité pour ce qu'il était et pour les événements à venir. Elle n'aurait pas pu l'expliquer à l'homme qui lui faisait face, mais elle en avait assez de rejouer la scène du samouraï dans sa chambre tous les soirs. Elle ne savait pas qui il était mais il paraissait abîmé, ni trop, ni trop peu, juste à la bonne mesure pour un accord possible.

— C'est moi qui pose les questions, lui dit-elle d'une voix douce.

Ils restèrent face à face. Leurs regards se touchaient.

— Vous avez perdu votre femme ?

— Non, dit Pierre.

Elle tourna quelques pages du dossier. Elle lui tendit la fiche que Guise avait rédigée.

Pour l'inspecteur, Pierre avait perdu sa femme. La commissaire vit son trouble.

— Guise est souvent un peu radical dans ses appréciations.

Pierre relut la phrase. « Le docteur Mourange a perdu sa femme. » Elle faisait écho.

— Nous divorçons, précisa Pierre, mais il a raison, j'ai perdu ma femme. On ne peut pas mieux dire.

— Pourquoi ?

— Ça a un intérêt pour le dossier ?

— Non.

Pierre sentit qu'il fallait répondre. À cet instant, la commissaire Guillaume était la seule présence réelle sur son chemin de vide. Autant répondre à une question déjà résolue depuis longtemps.

— Je crois que ce sont les enfants qui perdent les mariages.

— Les enfants ?

— Oui, ceux qu'on a eus et ceux qu'on n'a pas eus.

— Pourquoi ?

Pierre se jugea ridicule. Non pas parce qu'il se croyait incapable de développer les idées qui solidifiaient dans sa tête depuis des années, mais surtout parce qu'il sentait perler à ses paupières des larmes qui condamnaient à mort toute chance d'avenir avec elle.

Finalement, ses proches avaient raison, tout n'était plus qu'une question de dépression. En même temps, les choses de sa vie étaient tristes, personne ne pouvait prétendre le contraire. Personne ne pouvait lui donner la preuve d'une joie solide qui rachèterait tout le chagrin. Il laissa couler une larme en fixant son regard dans le sien. Leur destin tenait dans le geste qu'elle allait faire en réponse. La caresse la plus délicate, l'effleurement de sa main sonnerait le glas de toute relation possible. Être aimé pour un cœur brisé était une humiliation que Pierre ne voulait pas subir.

La commissaire laissa la larme quitter son visage. Elle ouvrit le tiroir de son bureau et lui tendit un mouchoir avec une expression parfaitement neutre.

Il ne perçut pas de gêne entre eux. Pierre n'était plus gêné à vrai dire par grand-chose. Il se sentait dans la peau d'un homme qui allait prendre sa retraite de la vie et qui n'avait plus besoin de plaire ou de composer pour une future clientèle qui trouverait porte close. Sa carrière était faite.

Il ne répondit pas au « pourquoi ». L'émotion était passée, mais il n'était pas encore sûr de sa voix. Il craignait aussi que sa réponse n'aggrave la perception qu'elle devait avoir de lui. Homme sombre et fragile. À ses yeux, les enfants étaient l'espace-temps du couple, avec des lois physiques différentes de celles du monde commun. On y vieillissait plus vite. Les forces de gravité s'exerçaient beaucoup plus intenses comme au cœur des objets denses qui finissaient en trous noirs. Les espérances se rétractaient et s'agrégeaient les unes aux autres. Plus rien ne s'échappait du noyau familial en contraction incontrôlée. La peur devenait l'interaction la plus forte entre les particules humaines et finissait par les faire fusionner dans un même effondrement intérieur d'où ne rayonnait plus aucune lumière.

— Et vous ?

Elle montra son bureau vide de cadre.

— C'est un métier qui ne laisse pas beaucoup de place.

Son portable vibra. Elle lut le message et referma le dossier de Guise.

— J'ai une réunion qui commence.

Pierre se leva. Elle lui désigna sa canne sur le côté du bureau.

— Vous pouvez me la passer ?

Pierre acquiesça et ils se séparèrent sur une poignée de main.

Elle le retint à la porte.

— Pourquoi Nikolas voulait-il pirater l'ordinateur ?

— Je ne sais pas, dit Pierre. Je crois qu'il m'aime beaucoup.

— C'est quoi le problème des empreintes, Pierre ?

Pierre. Jamais son prénom ne lui avait semblé plus ouvert sur lui-même. Il pensa dire la vérité. Mais la vérité de ses empreintes n'était pas celle du dossier. Peut-être n'y avait-il rien sur cette crosse de revolver. Les empreintes lui avait-on dit ne se déposaient pas toujours sur les choses. Il fallait que de l'eau s'échappe de la peau pour matérialiser les lignes. Les maçons ne laissaient pas d'empreintes à cause du ciment qui bouchait leurs pores, comme les tueurs à sang froid qui exécutaient calmement, sans transpirer. Pierre était peut-être un innocent à sang froid.

— Je suis resté une heure avec le docteur Petit-Jean. Nikolas a pensé que j'avais pu effleurer des objets, son imagination s'est mise en marche et voilà…

Son regard croisa la photo d'une forêt accrochée au-dessus du bureau de la commissaire.

Elle aimait les arbres. Comme lui.

Il n'avait plus envie de parler, seulement de trouver le courage de toucher sa main. Mais la situation rendait le geste impossible. Impossible… On lui avait parlé de « la timidité des cimes », un étrange phénomène. À leur sommet, les arbres ne se touchent pas. Les plus hautes branches restent toujours séparées de quelques centimètres pour respecter un espace : l'espace de timidité. Les spécialistes pensent que c'est parce que les arbres ont le sens du toucher qu'ils ne s'effleurent pas là-haut, sinon ils ne sauraient pas rester à l'écart les uns des autres. Il pensait à la timidité des cimes, face à elle, sur le seuil étroit du bureau.

— C'est votre meilleur ami, Nikolas ?

— Non, répondit Pierre, mon meilleur ami, c'est Camille.

CHAPITRE 28

Donner pour prendre

Camille raccrocha. La voix de Pierre résonnait encore et la sienne aussi. Pierre lui avait raconté l'attaque ratée de Nikolas et l'aggravation de son affaire selon l'inspecteur Guise.

Il était passé sur l'entrevue avec la commissaire Guillaume qui avait un peu éclairci son horizon. Si les empreintes de Pierre étaient retrouvées sur le revolver, leur situation allait devenir difficile. L'inspecteur Guise appuierait fort sur cet alibi.

Pierre voulait s'assurer que Camille suivrait la marche. Il comprendrait qu'il soit moins précis sur les horaires et ouvre une porte pour échapper aux conséquences d'un faux témoignage.

— Tu comprendrais ? interrogea Camille.

— Je comprendrais.

— J'espère que tu comprendrais pas, pauvre con.

Pierre lui avait dit merci. Ils s'étaient quittés sur ce mot étrange entre eux.

La veille, Mathilde avait demandé à Camille s'il n'avait pas peur pour la suite. Comme son père, elle admirait son sang-froid. Et il était vrai que Camille n'avait pas peur. Mais pour de mauvaises raisons. Aucune ne méritait la moindre reconnaissance et le courage n'avait rien à y voir. Il n'avait pas peur parce qu'il avait commencé un livre.

Un nouveau livre. Premières lignes écrites depuis treize ans.

Tous les événements qu'il vivait autour de l'affaire de Pierre avaient soudain pris corps dans son esprit, le corps nécessaire à l'écriture d'un roman qui s'écoulait entre ses doigts, facile.

Il avait déjà rédigé, en deux semaines, plus de quatre-vingts pages de caractères serrés, la moitié du texte. Et le doute qu'il avait toujours de ne pas pouvoir aller jusqu'au bout, de ne pas en avoir assez à dire, n'existait pas pour celui-ci.

Pierre ne savait rien, Mathilde non plus.

Personne ne savait qu'il écrivait.

Il avait retrouvé l'humeur qui garantissait la qualité de sa plume. Maniaque. Il travaillait la nuit, sans fatigue ni stimulant, en dehors du minimum d'alcool nécessaire pour s'hydrater. Il corrigeait peu, somnolait une heure ou deux avant l'aube. Sans ressentir de fatigue au réveil, se nourrissant essentiellement d'un café serré qui accélérait son cœur et ses idées et que le tremblement de ses mains faisait tanguer dans les tasses.

Tout cela se paierait un jour ou l'autre se disait-il, mais à la fin du livre. Il paierait à la fin. C'est ce qui comptait, payer quand les choses étaient faites, si le destin vous laissait les accomplir jusqu'au bout.

Et Pierre ?

Pierre n'avait rien dit à ce sujet.

Il savait pourtant qu'il ne fallait rien donner à Camille, rien qui devait être tenu secret. Les écrivains ne gardent pas les secrets.

Tout ce qu'il lui avait raconté de son passé s'était retrouvé, d'une manière ou d'une autre, dans ses romans, sans effet sur leur amitié. Mais pour ce livre-là, Camille connaissait assez Pierre pour savoir qu'il ne lui pardonnerait jamais.

Parce que ces heures de sa vie dont il usait sans lui dire étaient les plus sacrées de toutes, beaucoup trop intimes pour que quiconque ose y toucher.

L'intimité profonde faisait de cette histoire un temple où personne ne devait pénétrer, pas même lui. Camille le savait mais peu importe ce qu'il savait. Il écrivait violemment, conduit par une force qu'il croyait avoir perdue et qui réanimait ses dons, ses charmes, sa vieille estime abandonnée. Il fallait écrire pour ressentir cette poussée sur soi, sensuelle, irrépressible, immorale. Le courage de Camille dans cette affaire était une question de bénéfice. Son témoignage se payait en chapitres. Était-ce l'idée que l'on ne faisait jamais rien pour les autres parce que tous nos actes étaient marqués au sceau de l'intérêt ou était-ce propre à leur amitié ? Cette manière de ne jamais rien donner à l'autre sans lui prendre.

Le livre s'appelait *Cherche-Midi*.

Le nom de la rue où une mort douteuse faisait accuser de meurtre le héros principal et vaciller sa vie.

Il n'avait rien enlevé de l'essentiel. Il avait parlé du divorce d'Isabelle, de la solitude de Pierre, inventé quelques personnages et quelques scènes qu'il n'avait pas vécues et écrit sur Mathilde. Sur la nuit de Mathilde, sans rien omettre, sans effacer le sommeil de son père, en racontant l'histoire de leurs trahisons telles qu'elles s'étaient accomplies.

Camille se disait simplement qu'il n'avait pas d'autre choix, même s'il savait que leur amitié était en jeu sur ce point précis, sur cette poignée d'heures qui valaient plus que toutes celles qu'ils avaient partagées.

Une amitié contre un livre. Le livre tenait la corde. C'était l'expression juste.

« Adieu Pierre », griffonna Camille sur son carnet.

Est-ce qu'on pouvait dire adieu à quelqu'un ou à quelque chose ? Pour Camille, l'adieu n'avait aucun sens, mais pour Pierre, si. Pierre disait adieu.

Pierre lui dirait adieu sans doute, sans violence, sans signe de rupture visible. Peut-être se verraient-ils encore, en souriant à leurs souvenirs comme avant, en apparence. Mais Camille sentirait, au cœur de chaque phrase, la ponctuation invisible qui en déconstruirait le rythme, le chant de mort de leur amitié. L'orchestre invisible laisserait chacun des musiciens quitter sa place, pour garder une fosse vide de musique, une amitié creuse qui ne produirait que des échos d'elle-même. Le risque était grand, mais la force vitale du livre battait en son cœur.

Il sortit finir sa cigarette sur le balcon de la rue Boissonade.

Paris lui apparut huileux, dégoulinant d'images indigestes comme cette troupe de coureurs qui passait sous ses pieds. Certains enregistraient leurs foulées avec des appareils clignotants, d'autres portaient des masques de chirurgien et des écouteurs. Ils étaient tous équipés, costumés comme des danseurs avec des collants criards et des tee-shirts trop courts trempés de sueur. C'était laid.

Le cinéma, à l'angle, changeait son affiche. Une nouvelle comédie pour tous, gentille. Il n'allait plus au cinéma. Il en avait assez des films sans gluten, qui ne généraient aucune réaction de défense, des soupes au goût sacrifié à la digestion facile. La gentillesse était devenue la valeur commerciale suprême. Il fallait faire des livres gentils, peindre, chanter, parler, penser gentiment. Sans gentillesse, on ne s'en sortait pas financièrement.

Une piste cyclable venait d'être construite où passaient des ados retardés à vélo et à trottinette. Un grand panneau rappelait les dangers du tabac, un autre les risques du téléphone au volant. On sentait que la ville avait des principes. Les rues donnaient des leçons. Et au vu du nombre de caméras et de flics dans le quartier, l'obéissance était plutôt conseillée. Il fallait suivre le cursus en élève appliqué. On ne redoublait plus aux temps nouveaux.

Il y avait des décennies, quand aucun lycée n'avait plus voulu de lui, ses parents l'avaient inscrit dans un de ces lieux dont on ne sortait pas sans un bac coûteusement acquis. Où étaient les boîtes à cancres d'aujourd'hui ? Pour les incurables qui aimaient respirer les fumées toxiques, manger lourd, boire beaucoup, conduire vite, vivre mal ? Plus de lieu d'accueil pour les cancres sociaux. Il jeta son mégot allumé vers une vieille qui claudiquait en bas et reçut ses malédictions avec reconnaissance. Puis il croisa son reflet dans le miroir. Il se contempla sans compassion. Son ventre déformait sa chemise, son visage était bouffi et le menton racé qui avait été sa fierté, menacé de disparition.

— Je suis devenu gras, murmura-t-il, comme le monde.

CHAPITRE 29

Arrestation

Pierre ne dormait pas. Il avait suivi le lent lever du jour à travers les persiennes de sa chambre.

Une phrase de Camille, qui lui aussi connaissait de longues périodes d'insomnie, lui était revenue.

« Ma nuit se compose de deux parties : l'une où je cherche le sommeil, l'autre où je ne le trouve pas. »

Sage Camille.

Il avait entendu la voix de la commissaire Guillaume qui chuchotait autour de son lit : « Je ne crois pas que vous ayez tué le docteur Petit-Jean. »

Où était-il le docteur Petit-Jean sur sa route céleste ? Déjà loin, à l'évidence. Pierre l'espérait bien à distance de ceux qui tournaient autour de son corps, loin des flics, loin des suspects, loin des juges. Du fond de sa chambre glacée, il lui envoya un salut. Un signe pour traverser les espaces déjà franchis par son ombre délivrée de lui-même. Ce salut, Pierre savait que le psychiatre le recevrait, puisqu'il ressentait toujours une amitié vivante pour lui et qu'il fallait nécessairement qu'il la ressente aussi d'une manière ou d'une autre pour qu'elle survive.

Il entendit une voiture entrer dans la cour, fait inhabituel à cette heure.

Une lumière bleue tournoyante revenait en éclair dans sa chambre. Il se leva et souleva les lames du store.

Il y avait deux voitures dans la cour. L'une banalisée, l'autre officielle. Moteur électrique pour la seconde, pensa Pierre, d'où son silence.

Guise sortit de la première en frottant ses mains contre le froid.

Pierre se dit qu'il avait bien fait de ne pas dormir. Vivre mal ses dernières heures de liberté était toujours mieux que de ne pas les vivre du tout.

Il n'éprouvait pas d'angoisse. Il était calme, presque soulagé que cette histoire se termine. Peu importait comment. En s'habillant, il pensa au salut qui devait voguer vers le docteur Petit-Jean, droit à travers l'espace, pas encore au but, mais en vue. En vue avec certitude.

Guise avait tenu à être là.

Dès que le dossier des empreintes lui était parvenu, il avait lancé la procédure d'arrestation de Pierre. Pas besoin d'autorisation d'un juge, le crime datait de moins de seize jours, on était donc encore dans le cadre d'un flagrant délit. Guise n'aimait pas les juges et les rapports d'enquête. Il laissait à Roussin la corvée des actes et des avis à envoyer au procureur et ne connaissait qu'un article du code de procédure pénal, le 53, qui permettait d'entrer et d'interpeller à domicile qui il voulait, entre six heures et vingt et une heures.

Il était six heures et quart.

Pierre descendit.

Il avait laissé un mot à Blanche, sans trop savoir quoi lui dire. Il lui avait écrit de ne pas s'inquiéter et aussi une phrase qu'il regrettait : « Je n'y peux rien. »

Il avait fait un signe de sa fenêtre à Guise pour lui montrer qu'il arrivait.

Guise avait le temps. Il respirait profondément l'air humide et chargé des odeurs des haras voisins. Ça sentait le cheval et le foin. « Une puanteur », avait déclaré Roussin, qui n'aimait pas la campagne. Mais Guise pour une fois ne s'était pas rangé à son avis. Il avait jugé les puanteurs, l'humidité et même le brouillard sur la route avec tolérance. « Tu noircis », avait-il dit à Roussin.

En vérité, son humeur était légère et impossible à assombrir.

Le rapport était sans ambiguïté, les empreintes sur la crosse du revolver étaient celles du docteur Pierre Mourange avec un risque d'erreur évalué à 0,3 %.

— Tu veux une cigarette ? demanda Guise à son second, qui accepta sa proposition avec surprise.

Cette cigarette offerte était le seul présent dont Roussin se souvenait depuis son arrivée au commissariat central en 1983. L'idée que Guise pouvait se foutre de sa gueule traversa un instant son esprit, mais Guise était son seul ami et l'avait toujours respecté.

L'inspecteur serra la main de Pierre. Roussin lui fit un vague signe de tête.

— Vous allez être placé en garde à vue.

Pierre acquiesça. Guise jugea encourageante sa passivité devant les événements. Les aveux seraient faciles à obtenir.

Le chauffeur demanda quel itinéraire il fallait prendre pour le retour vers Paris.

— La nationale, dit Guise.

Par l'autoroute, le retour était plus rapide, mais l'inspecteur voulait profiter du temps.

Cinquante minutes à savourer auprès de son coupable.

« La Guillaume » n'avait qu'à bien se tenir, elle qui avait toujours cru à l'innocence du médecin. Sa gentillesse méprisante allait filer avec ses certitudes et le petit sourire des collègues allait tourner lui aussi, comme une crème.

Guise demanda de ralentir pour traverser la forêt.

— T'as peur des animaux ? interrogea Roussin.

— Non, répondit Guise, mais regarde, c'est beau.

Roussin en resta stupéfait. L'incompréhension le fit tousser, comme si ce dernier mot, jailli d'une langue parfaitement inconnue, irritait ses bronches. Ils restèrent silencieux jusqu'à Paris.

Pierre regardait le paysage qu'il connaissait par cœur défiler sans lui à travers la vitre. Déjà oublié par les choses qu'il avait aimé voir, la grande plaine à la sortie de la forêt vers Luzarches, l'espace avant les banlieues tristes, Sarcelles, Saint-Denis…

Devant la PJ, Roussin décrocha une paire de menottes de sa ceinture et interrogea Guise du regard. L'inspecteur secoua négativement la tête.

Pierre sortit après eux, les mains libres. Ils traversèrent l'entrée sous le regard des flics en uniforme qui saluèrent Guise.

Pierre fut conduit dans une salle ouverte au fond et attendit seul sur un banc.

CHAPITRE 30

Alibi

Il avait eu le droit d'appeler son avocat, à qui il avait laissé un message sur répondeur. Il se demandait si on allait lui retirer sa montre, sa ceinture, ses lacets. Toutes les images d'incarcération, les scènes de prison et de bagne cent fois revues tournaient dans son crâne avec la petite chanson d'Apollinaire :

… Avant d'entrer dans ma cellule,
Il a fallu me mettre nu
Et quelle voix sinistre ulule
Pierre qu'es-tu devenu… ?

Elle ne l'avait pas fait attendre. Elle était apparue au bout de quelques minutes, seule, pour l'accompagner dans son bureau. Ils avaient traversé la salle d'accueil du commissariat sous le regard des flics intéressés par le grand coupable de Guise.

Le dossier « Cherche-Midi » était ouvert sur le sous-main de cuir rouge, à côté d'une enveloppe marquée des initiales de la police scientifique et d'une tasse remplie d'un café qui sentait bon.

Ils restèrent face à face quelques secondes sans dire un mot. Elle avait le même équilibre calme devant lui que l'avant-veille, cette manière stable de l'attendre.

— Vous croyez toujours à mon innocence ? demanda-t-il.

— Évidemment.

— Pourquoi ?

— Parce que c'est rare qu'un homme m'intéresse.

Pierre, à sa demande, expliqua à nouveau les circonstances.

L'attente en compagnie du docteur Petit-Jean, l'arme dans le tiroir, l'absence de Mathilde et d'Isabelle. Elle écoutait avec attention sans le quitter des yeux. Il parlait sans émotion avec une confiance qu'il redécouvrait en lui. Lointaine, venue de l'enfance, au temps où ceux qui l'entouraient étaient incapables de trahison.

— Et Camille ?

— Quoi Camille ?

— L'alibi.

Pierre hésita. D'un côté, la vérité s'imposait à celle qu'il ne voulait plus perdre. De l'autre, c'était Camille. Le témoignage qu'il avait fait pour lui, à sa demande, et qu'il ne pouvait pas désavouer.

— J'ai eu le dernier rapport de Guise sur ce sujet.

— Il a réinterrogé Camille ?

— Oui.

Camille ne lui avait rien dit. Pierre baissa les yeux.

— Et ? murmura-t-il.

— Camille a retiré son alibi.

Pierre se sentit perdu. Aussi perdu que ce jour où les grilles de la pension s'étaient refermées sur la route qui avait fait disparaître la voiture de ses parents. Aussi seul que sur le toit du dortoir lorsque son corps avait penché sur la cour, avant d'être retenu par la main froide d'un surveillant.

— Retiré ?

— Enfin atténué. Il n'est plus formel sur l'heure de votre venue.

— Je vois.

Leurs regards se croisèrent. Le visage de la commissaire était neutre. Pierre ne distinguait plus rien. Rien de ce qui lui semblait certain jusqu'à cette minute, l'accord entre eux. Il ressentait du désir pour elle. Inexplicablement présent à cet instant précis où sa vie basculait. Un désir de tout son corps vers le sien, qu'il aurait voulu assouvir tout de suite. Il ne se souvenait pas d'une envie aussi violente. Elle pianotait sur le clavier de son ordinateur, ses doigts étaient longs et souples, son chemisier s'ouvrait sur la naissance de sa poitrine. Pierre avança une main virtuelle vers elle. Son cœur battait vite et sa peau s'humidifiait de sueur. Il la toucha longuement et une légère coloration rouge apparut sur ses joues. Quelque chose qui ressemblait à la forme de sa silhouette se sépara de lui pour l'enlacer et la prendre. Immobile sur sa chaise, il l'embrassa avec passion sans qu'un seul muscle de son visage ne tressaille.

Le regard de la commissaire lui parut froid. Il se dit qu'il ne connaissait pas son prénom. Il ne connaissait rien d'elle. La seule certitude objective est qu'il n'avait jamais désiré autant une femme.

— Alors pour Camille… ?

— Je ne sais pas, articula Pierre, dont le corps virtuel s'était évanoui.

— Il ne faut pas lui en vouloir, c'est difficile les interrogatoires. Personne n'a l'habitude et Guise est un vieux flic.

Les grilles étaient verrouillées.

— Alors qu'est-ce que vous avez à dire sur cet alibi ? relança-t-elle.

Il perçut quelque chose. Un excès de contrôle dans la voix. Elle avait refermé le volet de son ordinateur et croisé les bras en attendant les mots qui allaient venir. Pierre réfléchit à sa réponse. Elle dépassait le cadre de son affaire. Elle engageait les chances à venir entre eux. C'est sur elle qu'allait porter le premier jugement de la commissaire Guillaume sur le genre d'homme qu'il était. Et il ne pourrait pas modifier cela. Ce jugement était le droit de passage pour tous les sentiments en puissance entre eux. S'il l'acquittait, il ne serait plus seul en sortant de ce bureau. Il ne détourna pas les yeux, sentit la chaleur de ses joues s'atténuer et le calme revenir en lui.

— Je maintiens mon alibi, dit-il posément. J'étais avec Camille de vingt et une heures à vingt-trois heures.

Elle acquiesça.

— Et je ne crois pas que Camille soit revenu sur ses déclarations, ajouta-t-il.

— Pourquoi ?

— Parce que vous êtes flic, vous me l'avez dit un jour et que Camille est Camille.

— On ne se trahit pas entre amis ?

— Je n'ai pas dit ça. J'étais avec Camille et je n'ai pas tué le docteur Petit-Jean. J'ai touché cette arme parce qu'elle me paraissait juste incongrue dans son bureau et aussi parce que c'était comme…

Pierre hésita.

— … un signe pour moi. Ce revolver, c'était une image que j'avais parfois dans la tête. Je voulais être certain que ça me suffisait. Pas plus. Si j'avais dû tirer sur quelqu'un, ce n'aurait certainement pas été sur ce pauvre homme à qui je ne reprochais rien. Mais tout ça n'a pas tellement d'importance.

— Pourquoi ?

— Je ne suis pas sûr d'avoir une vie qui vaille la peine d'être innocent.

La commissaire Guillaume eut un sourire.

— Je peux vous poser une question intime ? demanda-t-il.

— Oui.

— Quel est votre prénom ?

— Lise.

La réponse avait été immédiate. Pierre ne pouvait pas revenir en arrière. Il se sentait bien. C'était rare les décisions qui convenaient au présent. Il ne pensait plus aux conséquences. Son avenir était écrit sur le corps de cette femme qu'il désirait. Il suivit les lignes de ses épaules et de sa nuque, ce qu'elle vit. Le même regard qu'elle avait surpris dans les reflets du commissariat. Le bon regard pour elle.

— Pourquoi avez-vous essayé de me piéger, Lise ?

Elle fit glisser le dossier « Cherche-Midi » sur la table et en sortit une photo floutée où l'on reconnaissait la silhouette de Pierre.

— Vous connaissez les logiciels de reconnaissance faciale ? À vingt-deux heures trente, heure estimée de la mort, vous avez été filmé dans le dix-septième arrondissement, rue Fourcroy. Vous êtes sorti d'un centre de relaxation. J'ai envoyé une équipe. Les filles de là-bas ont reconnu votre photo. Ce n'était pas la première fois et votre venue était inscrite dans l'intervalle horaire sur leur cahier avec une des masseuses. Vous avez menti, Pierre, mais vous n'avez pas tué le psychiatre.

— Pourquoi m'avoir raconté l'histoire de l'alibi qui ne tenait plus ?

— Pour voir si vous étiez fidèle en amitié.

— Et Camille ?

La commissaire referma le dossier et recula sur son fauteuil.

— Le faux témoignage ?

— Oui, dit Pierre.

— Je pourrais envenimer les choses. C'est vous qui décidez.

— Moi ?

— Oui, qu'est-ce que ça va m'apporter de poursuivre monsieur Fusain ? De la paperasse et tout un tas d'efforts inutiles. Il a un casier vierge, un témoignage trempé dans l'eau de l'amitié. Les juges donneront une condamnation de principe de quelques mois avec sursis ou ne le condamneront pas. Et moi non plus.

— C'est fini ?

— D'une certaine façon.

Pierre se leva.

— Vous resterez toujours un flic avec moi ?

— Je crois, oui, j'aime bien les hommes suspects.

CHAPITRE 31

Le syndrome de Tako-Tsubo

Camille était aux urgences de Lariboisière, France l'attendait sur son brancard, une perfusion en équilibre au-dessus de sa tête.

— Ça va ?

— Non.

— Qu'est-ce qui t'arrive ?

— J'ai le syndrome de Tako-Tsubo.

— Ça explique tout, dit Camille.

France respira longuement l'oxygène formolé des urgences et prit l'air de quelqu'un qui en avait assez d'informer son prochain.

— Le syndrome de Tako-Tsubo est le « syndrome du cœur brisé », soupira-t-elle.

Camille leva un œil. Elle continua.

— C'est une maladie du cœur, liée au stress. Ça ressemble à de l'angine de poitrine, parfois à un infarctus. On trouve rien, on croit que c'est dans la tête, mais on peut en mourir.

— C'est japonais ?

— Oui, le Tako-Tsubo, c'est un vase de pêche qui sert à piéger les poulpes au Japon.

— Les poulpes ?

— Quand le cœur est sidéré par le stress, il prend la forme de ce vase. D'où le nom. C'est très dangereux, ça peut paralyser tout le système. Les émotions déforment le cœur quand on est triste, tu comprends ?

— Oui.

— Le ventricule gauche ballonne et ressemble à une amphore. En fait à une grosse larme.

— Et le traitement ?

— Éviter le stress.

— D'accord.

— Tout le stress, du plus fin au plus épais, précisa France.

— Ça va être facile.

Sa sœur lui tendit une main incertaine et ferma les yeux, son visage prit la pâleur d'un masque mortuaire. Camille laissa sa main dans la sienne. France parvenait toujours à ouvrir un petit espace d'inquiétude, une meurtrière dans la muraille d'indifférence que les heures passées aux urgences à ses côtés avaient construites tout au long de leurs années partagées.

— Je peux venir habiter chez toi, le temps que…

— Évidemment, répondit Camille.

— On n'est pas tous égaux devant la maladie, souffla-t-elle.

— Non, France, on est très inégaux.

Elle lui sourit et il se pencha vers elle pour déposer ce qui ressemblait à un baiser sur sa joue. Il se redressa vite, pris en faute. Et France rajouta une larme d'émotion à ses larmes de douleurs cardiaques.

Effet secondaire de mon livre, pensa Camille, trop de sentiments.

Ou bien effet de l'âge, les vieux pleurent comme ils toussent.

Il quitta sa sœur, l'esprit troublé.

Vieux. La question se posait.

À vrai dire, il se sentait peu différent du jeune homme qu'il avait été, ce qui à l'évidence était un jugement erroné, il suffisait d'un coup d'œil dans une vitrine au passage. Les miroirs intérieurs ne traitaient pas les reflets de la même façon. Troublant de ne plus être à son image. Preuve que la vieillesse ne créait rien que des simulacres, des illusions de soi qui miroitaient dans du verre. Mais les regards des femmes ne se tournaient plus vers lui. C'était nouveau et cruel. Et sans appel, puisque ni ses tenues dans l'air du temps, ni les progrès de sa silhouette qu'il essayait d'affermir, ni la couleur de ses cheveux teints avec mesure n'y changeaient rien.

« *Où sont passés les regards qui me regardaient passer…* » disait la chanson de jadis.

Il avait lu les messages de Pierre. Sans répondre.

L'idée de la vieillesse revenait dans sa tête. Il se voyait finir au bout d'un grand voyage, au bord d'un volcan dont on verrait la lave au fond, sur sa crête où les pieds tiendraient comme sur le fil d'un funambule. Et Pierre marcherait, lui aussi, en équilibre, relié à lui par une corde invisible tendue pour qu'aucun d'entre eux ne puisse chavirer sans l'autre. Leur amitié était là. Quelque chose qui avait à voir avec le danger, le voyage et la mort.

Où était Pierre ? Et Mathilde ?

Camille avait soudain besoin d'eux. Il ne retrouvait plus son chemin parmi les vitrines. Les cafés lui paraissaient défendus.

Il voulait rentrer chez lui.

Il avait parlé du roman à Mathilde. Elle avait demandé à lire le début du manuscrit, mais il avait refusé en prétextant qu'il n'avait pas encore fini. Ce qui était faux.

Le livre était terminé depuis la nuit dernière. Et toute la fatigue lui remontait au corps. Il vacillait un peu. Il avait bu avant l'hôpital, il avait besoin de boire avant de voir France, même désarmée sur un brancard d'urgences. Mais l'alcool n'était pas seul en cause dans son mal de terre. Il se sentait usé. Bon signal d'usure, les vieux refrains qui revenaient attirés par l'odeur du sang affaibli. « *Où sont passés les regards qui me regardaient passer...* » Un taxi s'arrêta et fit taire les chansons.

Vers Montparnasse, son téléphone sonna.

Pierre.

— Tu es chez toi ?

— J'arrive.

CHAPITRE 32

Pages coupantes

Ils se retrouvèrent sur la terrasse de la rue Boissonade, chez Camille. Autour d'un gin tonic qui traitait bien les maux à condition de renouveler régulièrement les prises. Pierre raconta la séance au commissariat, le piège tendu par Lise sur son alibi.

— Lise ?

— La commissaire.

Pierre lui parlait comme au temps de la pension avec de l'impatience dans la voix. On le sentait pressé de raconter les derniers événements vécus. Camille le trouvait rajeuni.

— Tu as pensé que je m'étais dégonflé ?

— Je n'y ai pas cru.

Ils trinquèrent à leur fidélité. Pierre lui parla à nouveau de Lise.

— Tu dragues les flics maintenant ?

Il essaya de partager avec lui ce qu'il avait ressenti, la violence du désir, sa profondeur aussi, et le retour des sensations dont il avait abandonné l'espoir.

— T'as envie de la baiser, quoi ?

Pierre lui sourit et acquiesça.

— On peut résumer les choses comme ça.

Mathilde avait appelé et venait les rejoindre. Le gin avait détendu Camille. Détente nécessaire pour ce qu'il avait à dire à Pierre.

— T'as l'air fatigué.

— Je dors pas beaucoup en ce moment.

— Pourquoi ?

— J'ai écrit un livre.

Pierre leva son verre et le félicita.

— C'est sur quoi ?

Camille chercha les mots, puis haussa les épaules.

— Sur nous… enfin surtout sur toi.

Il proposa un autre verre à Pierre, qui déclina. Camille avait le regard flou. Il se leva pour baisser la lumière.

— Tu racontes quoi ?

— Ton affaire, mais en romançant.

— En romançant quelle partie de mon affaire ?

— Un peu tout. J'ai ajouté des personnages, inventé des choses, j'ai fait rebondir. À la fin, tu disparais à l'étranger.

Avec un sourire, il ajouta :

— J'ai même inventé une histoire d'amour avec une flic boiteuse. Un roman, quoi.

— Elle s'appelle Lise.

— Je changerai le prénom.

— Et Mathilde ?

Camille soupira en s'allongeant sur le canapé.

La question de Pierre était juste au cœur de l'histoire. Pas seulement de celle qu'il racontait. Mais au cœur de leur amitié et de leur vie. Au cœur aussi des chances qu'il leur restait à partager. Camille sentait ce pouvoir, suspendu au bout de sa plume. La force ou la faiblesse de son style n'y changeait rien.

— J'ai un bon armagnac qui vient des Landes, un petit bled vers Gabarret.

— J'aime pas trop l'armagnac.

Camille acquiesça.

— Mais celui-là…

Il n'insista pas. Il remplit un verre pour deux et l'avala d'un trait.

Pourquoi avoir parlé de Mathilde ? Elle n'apportait finalement rien à l'intrigue. « C'est à moi qu'elle apporte », se disait-il. Au-delà de l'énergie nécessaire pour l'écriture, Mathilde était la seule source d'énergie de sa dernière décade. La décade dégringolante comme il l'avait écrit sur des carnets de formules inemployées qui s'empilaient dans ses tiroirs. Le suicide de Mathilde était un feu qui brûlait encore. Un point lumineux dans ses ténèbres.

Comment aurait-il pu ne pas parler de Mathilde dans son livre, puisque c'est elle qui faisait vivre son écriture ? Tous les romans qu'il avait essayé de composer sans elle étaient vides à ses yeux. Il n'avait pas voulu changer son prénom, pour ne rien perdre de sa substance. Il croyait à la force matérielle des pensées. Les égrégores existaient, ces flux invisibles que les esprits étaient capables de mettre en marche. Les prières collectives les convoquaient pour les guérisons miraculeuses. Mathilde était l'égrégore du livre. Il ne devait rien lui manquer pour le faire exister. Raison pour laquelle la description de ce qu'elle était devait être rigoureuse et aucun détail ne devait faire défaut à la nuit essentielle qu'elle avait vécue.

— Tu en parles ? insista Pierre.

— Un peu, soupira Camille.

La rue Boissonade devint silencieuse.

Pierre avait cessé de boire et Camille somnolait.

Pierre était retourné sur la terrasse pour guetter l'arrivée de sa fille.

En passant, il avait vu le manuscrit sur le bureau.

Cherche-Midi.

CHAPITRE 33

Pardon

Deux semaines s'étaient écoulées depuis la dernière consultation avec le docteur Petit-Jean. Un siècle. Il revoyait passer tous les visages, la bonne gueule grise du vieux psychiatre, Fanfan, Boisvieux, Nikolas, Blanche, Guise… Les images défilaient comme un film très ralenti, avec un dernier mouvement qui allait mettre du temps à se figer pour toujours dans sa mémoire. Le visage de Lise était là, aussi.

Il avait appelé Isabelle à la sortie du commissariat. Elle partait en voyage. Avec quelqu'un, avait-elle précisé en hésitant un peu.

Quel était le prénom du voyage ?

Elle était heureuse de savoir que l'affaire était réglée. Réglée comme les affaires devaient l'être. Pierre était innocent. Isabelle partait en voyage. Camille écrivait un livre. Pierre attendait sa fille. Et Lise attendait Pierre.

Mathilde venait d'arriver.

Camille était sorti de son sommeil et l'avait accueillie l'air sobre. Camille avait ce pouvoir de mettre son ivresse de côté pour les occasions qui en valaient la peine. Il n'était jamais ivre mort, ivre vivant plutôt, toujours relié aux fils de son existence que Mathilde tenait entre ses doigts.

Ils dînèrent ensemble, sans parler beaucoup.

Mathilde avait évoqué le départ de sa mère. Pierre n'avait trouvé aucun mot à dire. Avec ceux qu'il aimait, il pensait que son silence était ouvert et transparent. Un lieu d'accueil où on ne servait rien ou bien des demi-mots suffisants pour comprendre le nécessaire. Lourde erreur. Personne ne comprenait à demi-mot, à mots couverts, à mot non prononcé. Et Mathilde comme les autres ne comprenait pas les silences de son père. Il surprit son regard sur Camille et la tendresse qu'il ne recevait plus d'elle.

Père ?

Il ne lui restait plus grand-chose de sa paternité. L'ombre que Camille projetait sur elle.

C'est à Camille qu'elle se confiait, c'est dans ses bras qu'elle se réfugiait. C'était lui qui était venu à sa place, la nuit où elle l'avait appelé à son secours. À sa place. Camille ne prétendait à rien en apparence. Pierre savait qu'il essayait de les rapprocher. Sincèrement. Avec la sincérité des actes que l'on montre. Il se disait parfois que c'était pour Mathilde qu'il avait laissé survivre leur amitié.

Il avait lu ce fait divers, un homme avait enfermé l'assassin de sa femme dans sa cave, sans lui faire de mal, en le nourrissant bien, en lui apportant tous les soins dont il avait besoin, sans lui parler ou établir le moindre contact direct avec lui. Juste pour l'entrevoir quelques minutes par jour, à travers une vitre. Pour sa présence. Pour elle. Pour préserver ce que personne d'autre, en dehors de celui qui la lui avait prise, ne pouvait partager avec lui. Ses derniers instants. Il fallait garder ses assassins en vie, ses voleurs. Quel qu'en soit le prix. Ils ne se séparaient jamais entièrement de leur victime ou de leur butin. Il ne fallait pas les laisser partir avec. Même s'il ne s'agissait que d'une poignée de secondes.

Pierre voulut l'éloigner mais le vieux silence résistait. Il eut alors ce geste pendant que Camille parlait de choses inutiles. Il prit la main de sa fille et la porta à ses lèvres. Il dessina sur elle les deux syllabes du mot « pardon » en prenant soin de ne les accompagner d'aucun murmure.

CHAPITRE 34

Dossier clos

— Il y avait d'autres empreintes sur le revolver.

Guise avait toujours le même air de défiance face à la commissaire. Fermé à double tour. Il n'allait pas se contenter de la libération de Pierre Mourange et « laisser aller » comme lui conseillait Roussin qui n'aimait pas les remous quand ils venaient du haut.

Guise était prêt à affronter « la Guillaume », mais son accueil l'avait déstabilisé. Aucun parfum de négociation n'avait frappé ses vieilles narines de flic. Le premier contact avait été glacial.

— D'autres empreintes ?

— Oui, vous le savez très bien, Guise.

— Je ne vois pas de quoi vous parlez.

— Des jeunes empreintes, d'après les spécialistes du labo. Sur le barillet. J'ai revu le dossier en détail. Il y avait une petite fille, témoin possible de l'affaire que vous n'avez pas interrogée.

— Je ne vois pas.

— Si, vous voyez très bien. Sa mère m'a dit que vous étiez revenu trois fois, la nuit, dans le bureau du docteur Petit-Jean. Elle vous a surpris à votre arrivée, le 28 mars.

— C'était pour l'enquête.

— Pour l'enquête, dix jours après le suicide ?

Guise s'embrouilla.

— Je n'ai vu…

— Personne ? Je réfléchirais avant de dire ça. La mère a déposé. Vous auriez offert un cadeau à sa fille…

La commissaire tourna les pages d'un dossier tout neuf.

— Une tarte au citron. La pâtissière du coin a reconnu votre photo.

— Ça n'a rien à voir…

— Non, dit la commissaire, rien à voir avec ce qu'on fait dans cette maison.

Guise chercha ses mots. Sa vieille tête dodelinait un peu, signe d'un intense mal-être, son visage gris tirait vers la cendre.

— Vous ne pensez pas que…

— Non, Guise, je ne pense pas ça. Je pourrais faire une vérification générale pour recouper toutes les empreintes retrouvées dans le bureau du docteur Petit-Jean et lancer des convocations. C'est ce que vous souhaitez ?

Guise mordillait sa lèvre inférieure et secoua négativement la tête. Il donnait l'impression de fondre sur sa chaise. Le ton de la commissaire s'adoucit un peu.

— Qu'est ce que vous alliez foutre là-bas ?

Guise bafouilla.

— C'était pour l'enquête, et puis...

— Et puis ?

— Elle a... elle a quelque chose cette petite. Je ne suis pas... enfin vous savez. C'est juste que ça me faisait du bien de la voir, c'est tout.

Il inclina la tête mais la redressa vite pour soutenir le regard de la commissaire. Guise refusait de ressembler à un coupable, si la Guillaume le voulait, il lui donnerait sa plaque mais sans baisser les yeux devant elle.

— On ferme le dossier du Cherche-Midi. Vous comprenez ?

— Oui, répondit l'inspecteur.

— Je vous aime bien Guise, dit la commissaire. Vous êtes une tête de con mais je vous aime bien.

L'inspecteur se leva en traînant ses vieilles jambes qui lui parurent plus lourdes qu'à son arrivée.

Roussin l'attendait à la sortie et lui proposa d'aller boire un canon.

Guise le suivit dans les couloirs déjà crasseux de la nouvelle PJ. Un flic indifférent leur ouvrit les portes.

— T'aimes bien les chats, Roussin ? demanda-t-il en rejoignant sa place à la terrasse du bistrot.

— Non, dit Roussin après réflexion, on a toujours l'impression qu'ils se foutent de notre gueule.

CHAPITRE 35

De passage

Pierre reprit sa vie de médecin sans médecine.

Crapal resta soupçonneux durant tous les jours du mois qui s'écoula après sa dernière visite au commissariat.

Paradoxalement, le statut de Pierre, ancien suspect d'un meurtre qui n'avait pas été complètement élucidé, lui avait fait franchir un palier dans l'esprit à étages de son assistant.

Crapal ne cessait pas de se comparer, à tout le monde, aux petits comme aux grands. Ce réflexe psychique envahissait son espace mental. L'addiction à la comparaison déterminait tous ses jugements, des plus futiles aux plus essentiels. Comme il se surestimait énormément, il considérait que ses potentialités valaient réalité, raison pour laquelle aucun professeur de médecine dont il avait été l'élève obscur, aucun chercheur nobélisé, lui qui avait disséqué quelques souris à la faculté, aucun artiste puisqu'il peignait quelques aquarelles le dimanche, ne pouvait sérieusement rivaliser.

Ce qu'il n'avait pas accompli n'était pas une question d'aptitude, mais de choix. Il reconnaissait pourtant que l'accusation de meurtre sur le curriculum de Pierre Mourange, sans être inaccessible, ne figurait pas dans ses cases virtuelles de compétence.

Conséquence inconsciente, il contredisait moins souvent son autorité devant l'administration et ne dressait plus d'obstacles sur sa gestion quotidienne de l'établissement. Pierre trouvait sa présence tolérable, ce qui constituait un net progrès dans leur relation.

Blanche avait appris l'existence de Lise. Pierre l'avait revue après la clôture de l'enquête. Deux fois dans un restaurant inutile, puis chez elle. Blanche avait accueilli la nouvelle, comme elle accueillait toutes les choses de la vie, les mains ouvertes. Elle avait sincèrement félicité Pierre et accepté avec une extraordinaire sérénité d'avoir le cœur brisé à jamais.

Aucune larme n'avait coulé sur sa joue. En sortant de son bureau, elle avait retiré la feuille journalière du calendrier de l'entrée, vendredi 28 avril, et l'avait glissée dans son portefeuille, à coté de sa carte d'identité, pour le souvenir. Puis elle avait gagné le jardin, sous une fine pluie qu'elle n'avait pas anticipée et cueilli quelques fleurs pour renouveler les couleurs des vases de la salle d'attente, comme elle faisait toujours à la fin des semaines de printemps.

Camille avait manqué un déjeuner. Leur dernière rencontre n'avait pas été si différente des autres. Ils avaient bu et ri. Camille lui avait montré des photos truquées d'Esquimaudes courant nues sur la banquise au milieu d'ours en rut. Ils s'étaient entendus.

Camille n'avait pas encore donné le manuscrit du livre. Corrections nécessaires, avait-il dit. Pierre ne lui demandait pas plus. Chacun connaissait trop bien la musique de leur amitié pour ne pas saisir les petites erreurs de cadence. La durée des échanges téléphoniques et des messages s'était raccourcie, les rendez-vous promis repoussés à plus tard. Aucune fausse note réelle, mais des accords un peu moins naturels, des variations.

Jusqu'à ce jour.

Camille était arrivé, sans annoncer sa venue.

Pierre l'avait trouvé dans le bureau de Blanche qu'il essayait gentiment de séduire depuis plusieurs années. Elle le laissait tourner autour d'elle avec indulgence.

— Je ne reste pas, avait-il dit à Pierre qui s'étonnait de sa présence.

— T'es de passage, alors ?

— Oui, je t'ai apporté le manuscrit.

Camille avait décliné l'invitation à dîner et proposé à Blanche de la raccompagner chez elle, en sachant qu'elle refuserait.

Pierre prit la route de Paris assez tôt pour arriver chez lui avant la nuit.

Chez lui… Les mots lui apparurent insolites au pied de l'immeuble où il avait vécu. Il ouvrit avec précaution la porte de l'appartement, précaution inutile puisqu'il savait qu'il était seul. Les placards d'Isabelle étaient vides, ce qui montrait qu'elle était partie pour un voyage plus long qu'il n'avait cru. Les placards vides sont souvent ouverts, pensa-t-il en voyant les portes entrebâillées dans leur chambre, comme si leur contenu retenait le mouvement naturel des charnières.

Il se sentit bien dans le silence des pièces. À suivre les traces de départ dont la fraîcheur remontait. L'appartement n'était plus ce lieu immobile, cet étang où les fins de vie stagnaient. Les espaces libres faisaient des appels, créaient des pentes pour que l'eau s'écoule à nouveau et s'échappe à travers les murs.

Il ouvrit grand toutes les portes et alluma les ampoules qui éclairaient les étagères désertes. Il tira vers la fenêtre le fauteuil en vieux cuir, dans lequel il se sentait protégé. Il chaussa ses lunettes de vue de près, se servit un large verre de cognac et ouvrit le manuscrit de Camille.

Dans la voiture, il avait reçu ce message :

— Je n'ai pas changé les noms.

« J'attendais ma famille.

Dans l'antichambre d'un cabinet de psychiatrie. Pour une séance de groupe. Le psychiatre s'appelle le docteur Petit-Jean, 43 rue du Cherche-Midi, Paris 7.

Je donne l'adresse parce que les psychiatres sont plus des lieux que des personnes. Des endroits où le rendez-vous avec vous-même coûte de l'argent.

J'avais choisi le thérapeute à cause du nom de sa rue : "Cherche-Midi". C'était un peu le but de mon affaire. Chercher le zénith. Le point culminant où le soleil reste un instant avant de glisser sur l'horizon. Comme la vie, en chute libre ou prisonnière de ses choix, de ses erreurs, de ses espérances ridicules… »

CHAPITRE 36

Dommage

— J'ai froid.

Pierre enveloppa Lise dans sa veste et ils marchèrent tous les deux le long de la rivière.

Elle paraissait préoccupée.

— J'ai un dossier criminel en cours. La victime a été retrouvée dans une malle au fond de la Seine. Son assassin l'a étranglée mais elle était vivante quand il a jeté son corps à l'eau. C'était clair.

— Pourquoi ?

— Elle avait la chair de poule.

— C'est romantique les promenades avec toi.

— La chair de poule, c'est un signe de survie dans l'eau avant la mort.

Ils revinrent vers l'oasis.

Il faisait beau pour la région. Le soleil toujours pâlot de l'Oise suffisait pour tenir la promesse d'une petite journée de printemps. Pierre avait eu l'idée d'inviter les siens pour la fête annuelle de l'EHPAD. La plus inévitable corvée de son existence professionnelle.

Des tables de banquet avaient été installées devant chaque maison avec un personnel de soin reconverti en personnel d'animation.

Les résidents, dans leur écrasante majorité, s'en foutaient complètement. Mais les familles étaient au rendez-vous et le cahier des charges devait être rempli.

L'administration avait ouvert le budget et la mairie avait négocié avec une société de spectacle itinérant qui employait les chômeurs des cirques éteints de la région. Une petite troupe d'acrobates grassouillets faisaient des figures prudentes, deux jongleurs jonglaient en ratant des balles.

C'était minable et joli.

Une sono grésillante passait des musiques de fanfare, un jeune garçon habillé comme un pierrot traversait la cour, perché sur une paire d'échasses. À chacun de ses passages, Vadas, que Pierre avait invité à sa table, épaulait un fusil imaginaire et pointait dans sa direction. On chassait dans le Gâtinais.

Le spectacle était plutôt adapté aux fêtes des écoles mais il n'y avait qu'un seul menu pour tout le monde comme l'avait précisé le conseiller municipal à la culture. Raide à l'entrée, il représentait l'État, avec sérieux derrière ses grosses lunettes de myope sur une figure de croque-mort, au côté de Crapal qui se représentait lui-même.

Pierre avait regroupé les siens vers l'oasis. Boisvieux, Nikolas, Blanche et Mathilde que Camille avait emmenée avec lui. Elle allait et venait, à l'aise dans cette atmosphère qui l'avait vue naître, proposant son aide aux équipes dans la cour. Elle avait bien accueilli Lise. Elles avaient commencé par se serrer la main mais Camille avait fait ce qu'il fallait et, à sa demande, elles s'étaient facilement embrassées. Mathilde avec commencé par remercier la commissaire Guillaume pour son père. « Lise », avait répondu Lise.

Pierre sentait qu'elles allaient s'entendre. Le métier impressionnait Mathilde, la blessure par balle aussi. Et Lise n'en demandait pas trop, ce qui garantissait le bon accueil.

— J'aimais bien le docteur Petit-Jean.

L'émotion faisait toujours trembler le nom du psychiatre dans la bouche de Mathilde. Sa mort l'avait touchée. C'était son premier mort intime, avec un visage, une voix, une présence dans sa mémoire. Elle n'avait pas de sentiment particulier pour lui, simplement celui de son existence.

On avait prévu de ne pas dépasser deux bouteilles de vin par table, mais Camille avait apporté une caisse de rouge, à la demande de Boisvieux avec qui il entretenait une complicité amicale. Il lui arrivait de faire le voyage à Gouvieux pour lui rendre visite sans avertir Pierre.

Ils discutaient philo et vin. Surtout vin. Boisvieux avait eu une cave célèbre dans le milieu de la justice. Il avait perdu du goût avec l'âge et de l'odorat, mais il gardait un œil de professionnel pour les robes des vins « haute couture » dont il respirait les couleurs comme des arômes. Il initiait Camille dont le palais manquait d'instruction.

Ils s'étaient accordés sur un saint-émilion château La Grezolle qu'on buvait sans discuter pour un prix de bonne humeur.

France était arrivée en véhicule sanitaire léger. Elle avait accepté la proposition d'un infirmier de la conduire en chaise à la table de l'oasis. Camille avait chargé Mathilde de la faire rouler à distance de lui. Il embrassa Nikolas et tira sa chaise entre la sienne et celle de Boisvieux qui contemplait la fête, l'air renfrogné.

— C'est paisible, dit Camille, tu trouves pas ?

— Non, répondit sèchement Boisvieux.

— Quoi, non ? Tu veux déclarer la guerre à quelqu'un ?

— À la paix.

Pierre se rapprocha d'eux. Boisvieux se leva et baisa la main de Lise que Nikolas avait déjà saluée à son arrivée comme une vieille connaissance, en la complimentant avec la plus grande courtoisie sur sa tenue. Le vocabulaire fleuri utilisé faisait de lui un homme très différent de celui qu'elle avait rencontré dans les locaux de la police judiciaire.

— *Vivat Polska ?* avait-elle demandé pour vérifier.

— *Vivat Polska*, avait confirmé Nikolas en souriant.

Pierre leur présenta Dommage. Un vieil ami de faculté qui habitait un village près de Boran, à 5 kilomètres de Gouvieux où il avait planté le drapeau en berne de sa retraite. André Dommage, un bon médecin. Son nom l'avait immédiatement rendu sympathique au jeune interne que Pierre avait été.

Ils s'étaient suivis. Beaucoup plus tard, il l'avait fait venir dans l'équipe de l'EHPAD comme consultant. Dommage lui avait été reconnaissant car sa retraite de généraliste était misérable. Nikolas l'aimait bien et lui fit une place à leur table. Mathilde arriva avec les plateaux garnis des inévitables salades et charcuterie froide à picorer.

Pierre regardait avec tendresse le docteur Dommage faire des petits tas dans son assiette. Il ne mangeait jamais directement les aliments qui s'y trouvaient. Méticuleusement, il les répartissait pour la bouchée à venir, comme s'il tenait à faire le mélange en amont de sa bouche, avec ordre et symétrie. C'était un petit homme rondouillard avec une calvitie qui s'étendait doucement en cercles, en laissant des sillons d'âge sur son crâne comme sur les troncs coupés. Il refusait les verres d'alcool avec un geste gêné comme si la proposition de lui en servir était audacieuse.

Camille ne se souvenait jamais de lui. « Je ne l'imprime pas », disait-il. Pierre continuait à les présenter sans lassitude chaque fois qu'ils se croisaient. Le médecin ne s'offensait pas de ne pas être retenu. Il avait le sentiment que tous les comportements à son égard répondaient à une certaine justice. L'oubli était donc mérité.

Il n'y avait d'ailleurs aucun reproche à infliger à Camille, le gris de Dommage ne pouvait simplement pas imprimer sa mémoire sensible aux couleurs.

Pierre avait une confiance absolue en lui, c'était un homme fiable. Il tenait toujours ses paroles, même les plus futiles. Un homme sérieux, toujours à l'heure, prévisible, désespérément là où on l'attendait. Toujours au rendez-vous de ses promesses, avec une sorte d'exactitude existentielle. Un ami incroyablement ennuyeux à qui il souhaitait quelquefois un adultère de droiture, une petite fantaisie de trahison qui l'aurait rendu plus aimable. Mais Dommage était ennuyeux comme un homme loyal. On pouvait le fréquenter en confiance, il était solide comme le sommier sur lequel on s'endort.

C'est à sa porte que Pierre avait sonné après la nuit de Mathilde, quand il n'avait plus nulle part où aller. Il avait dépassé la grille de Gouvieux qu'il n'avait pas osé franchir et continué tout droit à travers la forêt vers Boran jusqu'au petit pont qui enjambait l'Oise.

C'est Dommage qui l'avait fait avancer jusqu'à sa maison étroite, place du marché où une plaque de cuivre abîmée rappelait le médecin qu'il avait été.

Il avait sincèrement répondu à la question de savoir si le sommeil de Pierre pouvait être justifié. « En aucune façon », avait-il dit avant de lui proposer une tisane qui apaisait les nerfs.

Pierre ne s'était pas réveillé ou Camille n'avait pas réveillé Pierre ? Problème de la plus haute importance que Dommage avait résolu par un haussement d'épaules.

Il avait ajouté, après une assez longue réflexion, où Pierre avait mis de l'espérance, que personne ne pouvait rien faire pour lui.

Dommage avait travaillé en cancérologie, il avait l'habitude des maladies incurables. Il était clair sur cette question, comme sur toutes les autres questions. Comme il ne mentait jamais, sa consultation s'était dépeuplée et on l'avait réorienté vers des services de gérontologie où la vérité n'avait plus de griffes.

C'est par cette voie qu'il avait finalement rejoint l'EHPAD de Pierre.

Il était célibataire et par respect pour les femmes s'interdisait de les courtiser. Son cœur battait pourtant pour Blanche qu'il regardait avec des yeux éblouis au-dessus de la ligne horizontale de ses lunettes. Il préparait ses sujets de conversation avec elle comme les bouchées dans son assiette, soigneusement. Blanche l'écoutait en étouffant un bâillement, mais avec bienveillance.

— Aux clopes et aux canons, proposa Camille à la table qui accepta son toast, chacun trinquant entre voisins, Vadas mis à part qui chassait toujours.

Dans la cour, Crapal en costume trois pièces paradait d'une table à l'autre. Sa femme le suivait avec fierté. Pierre la redécouvrait toujours avec le même accablement. Elle avait tout du flamant rose, sauf la couleur. Elle était perchée sur deux jambes filiformes, le cou long, l'œil écarquillé. Sur rien. Méfiance, disait Camille, avec les regards écarquillés sur le jour, ceux qui trouvent de l'obscurité dans la lumière. Son chemisier à rayures épaisses lui dessinait des bretelles. Elle avait retenu la laideur de l'accessoire, sans la fonction. Sa jupe trop étroite descendait sur ses hanches sans forme et elle trébuchait à chaque pas sur des chaussures à talons qui donnaient le vertige à un chihuahua blanchâtre qui traînait derrière elle, pas rassuré. Pierre n'avait rien contre elle. Elle avait toujours affiché une prudente neutralité. Elle était cordiale avec lui, lisse plus exactement. Il ne se souvenait de rien de précis la concernant au bout des dizaines de dîners imposés qu'ils avaient partagés. En dehors d'un fait remarquable : elle vouvoyait ses chiens. Elle en avait deux ou trois de plus chez elle qui portaient des noms de reine et qu'elle traitait avec déférence en respectant l'étiquette. Il y avait donc des univers parallèles sur terre, peuplés de femmes faites pour une vie abstraite où l'on vouvoyait les chiens.

Crapal vint saluer la table de l'oasis sans se soucier de la fraîcheur de l'accueil. Il passa rapidement sur la poignée de main de Pierre avant de plonger vers la commissaire Guillaume qu'il présenta lui-même à sa femme. Il se contenta d'un vague salut général pour le reste de l'assemblée, ignorant Vadas qui épaulait vers son chien.

Crapal s'arrêta quelques secondes derrière la chaise de Nikolas pour lui tapoter paternellement l'omoplate gauche en soupirant :

— Sacré monsieur Kostrowitzky.

Négligeant pour son malheur la profonde phobie au contact humain que Nikolas n'avait jamais pu guérir, malgré plusieurs années de psychanalyse polonaise qui n'avaient réussi qu'à déposer une vague écume sur le rocher de sa névrose, sans l'éroder.

Boisvieux, seul au monde, pouvait effleurer la peau de Nikolas sans prendre le risque de représailles.

Dès le départ de Crapal, Nikolas ouvrait l'écran d'un ordinateur portable en attente sur ses genoux. L'air déterminé, il fit dérouler les programmes cryptés dont il détenait les secrets. Boisvieux voulut l'arrêter, mais n'insista pas longtemps, respectant les décisions de son ami quand elles lui résistaient. Il se pencha pour le dissimuler au regard de la commissaire Guillaume.

Nikolas effectua, en l'avançant de quelques heures, sa promenade quotidienne sur les fichiers de l'ordinateur de la police technique scientifique. Il se demandait où les empreintes de Crapal, qui tournaient dans ses programmes, allaient trouver leur repos dans les fichiers informatiques dont il avait toutes les clés. Comme il avait bon fond, il récusa un violeur en série et un pédophile débutant pour se contenter d'un assassin récidiviste de la fin des années 80, cold case en cours de réexamen.

Les doigts de Crapal appuyaient encore sur son dos et le geste méritait une sanction à la hauteur de l'intolérable sensation.

Dans la mesure où le médecin était âgé de 8 ans et des poussières lors des faits, l'affaire n'allait pas trop perturber sa carrière, mais risquait de conduire à une convocation et à un ou deux interrogatoires délicats. Régulièrement, Nikolas le mettrait dans des situations similaires, au gré de son humeur et des gestes inappropriés de Crapal sur lui ou sur l'un de ses proches. Boisvieux, convaincu, salua l'altruisme.

Les cigarettes aux lèvres de la plupart des convives firent reculer les importuns. Les alliés se reconnaissaient au tabac. Ils paraissaient globalement en meilleure santé que leurs ennemis.

« Fumez pour guérir », disait Camille qui s'enivrait.

Une fine bruine détrempa le sol où les échasses restaient plantées sans les acrobates qui s'étaient mis à l'abri. On déploya les bâches et chaque table fut enveloppée d'un cube blanc avec des hublots.

Le saint-émilion réchauffait les corps.

Camille surveillait la caisse autour de laquelle tournaient parfois des étrangers envieux d'un autre cube. L'air s'épaississait de fumées et de vapeurs, Camille descendit le rouleau de toile au-dessus de la porte, accentuant l'ambiance tropicale. L'humidité montait du sol du parc, la pluie recouvrait les hublots, le vent et l'alcool faisaient tanguer le groupe. Cabine d'un bateau lancé sur un affluent d'Amazone qui rejoignait doucement le cours de l'Oise.

CHAPITRE 37

Au fil de l'eau

Quelqu'un poussa le volume de la musique, à travers les enceintes du parc. Nikolas changea la programmation. Crapal avait demandé des airs d'ambiance légère et bucolique, Nikolas qui prétendait à des origines tziganes choisit une sélection des czardas les plus désespérées du monde, à briser le cœur d'un mort.

Camille invita Mathilde à valser.

Pierre les regardait tourner dans le bateau du grand voyage.

Ils étaient beaux.

Mathilde paraissait heureuse. Elle tournait dans les bras de Camille qui titubait, digne, mais instable, capable de valser à la frontière du coma éthylique et au-delà de sa frontière avec Mathilde qui tenait sa vie droite.

Lise trouva la main de Pierre sous la nappe. Et ce contact ne lui parut pas étranger au monde des harmonies cachées que les danseurs partageaient avec lui et avec les musiciens de toujours, Nikolas, Boisvieux, Blanche… Lise entrait bien dans sa solitude, comme il le fallait, ajustée à elle, sans forcer, sans ambition d'y échapper. On n'y pénétrait qu'avec son propre bagage de chagrin, avec lequel il fallait avancer. Compagnons de solitude, voilà tout. Ceux qui mettaient la barre plus haut, du côté du bonheur, ou ceux qui voulaient venir en aide devaient passer leur chemin. Il n'y avait pas de secouristes dans cet espace et les couples marchaient côte à côte en suivant chacun sa trace. On ne faisait qu'un, pour toujours, qu'avec soi-même.

Camille dansait et Pierre se demandait quand viendrait le moment précis où leur amitié disparaîtrait, volatilisée dans un nuage où ne resterait aucune matière. Il avait refermé le manuscrit avant la fin, à la page où Camille racontait son sommeil lors de la nuit des urgences. Sur le dernier « au secours » de sa fille. Le reste n'avait pas d'importance.

Ce que Camille disait de lui, ce qu'il savait de lui pouvait être lu par n'importe qui. Personne ne ressentirait les choses avec l'exactitude suffisante pour le blesser. Camille n'était pas un grand écrivain, mais la question n'était pas là, le plus grand écrivain ne pouvait pas trahir les résonances intimes entre deux êtres. L'impudeur n'était jamais présente au rendez-vous des plumes et des discours, ou seulement en apparence. Les mots restaient à la surface des sensations, comme les souvenirs à celle de la vérité. Personne ne savait comment faire pour ressusciter une émotion. Elle finissait toujours par mourir en paix, auprès du seul cœur qui l'avait éprouvée.

Les révélations sur la vie de Pierre ne trahissaient rien. Mais la nuit de Mathilde, cette nuit que précisément il n'avait pas vécue et qu'on lui avait racontée comme une histoire qui ne lui appartenait pas, comme une scène ou un chapitre qu'un écrivain pouvait imaginer, cette nuit-là ne devait être dévoilée à personne. Sous aucun prétexte.

Camille devait comprendre cela.

Quand Pierre lui avait rendu le manuscrit, il lui avait demandé ce qu'il en pensait. Pierre avait hésité. Rien n'était venu à son esprit. Aucune réponse pour ouvrir les yeux de Camille.

Comme celui-ci s'inquiétait de son silence :

— C'est ton livre, finit-il par dire.

Ils dansaient toujours. La nouvelle czardas tirait des larmes à Vadas qui n'épaulait plus.

— Ça va ? demanda Lise.

— Oui.

La pluie avait cessé et il lui proposa de l'emmener vers la petite rivière au fond du parc. La jambe de Lise peinait sur le sol détrempé et elle s'accrochait à son bras avec force. La rivière leur parut loin. Ils rebroussèrent chemin ensemble. Le soleil revint et des silhouettes sortirent une à une des cubes blancs pour réoccuper l'espace du jardin. La journée avança doucement vers le soir.

On se croisait. Des familles accompagnaient les leurs sur les petits sentiers du parc. Mathilde aidait le personnel, Blanche tournait elle aussi entre les tables. Des anniversaires étaient souhaités, de naissance, de mariage, de deuil. Pierre trouvait la fête vivante.

Le temps passait comme il devait, en cachette.

Au crépuscule, il avait embrassé Lise qui devait rentrer et Mathilde qui partait avec elle. Les familles s'en allaient et les soignants reconduisaient les résidents dans leur chambre. Pierre recevait les adieux de tout le monde. Crapal avait quitté la position.

Boisvieux fatigué avait fait retraite au bras de Nikolas. Dommage était resté jusqu'au départ de Blanche et en serrant longtemps sa main lui avait souhaité une belle année à venir.

Adieu Dommage.

Les bouteilles étaient vides. On démontait les tréteaux des tables, on ramassait les assiettes de carton que le vent éparpillait.

Le personnel maugréait sur l'heure tardive et les fêtes trop longues dont les heures n'étaient pas assez payées.

Pierre cherchait Camille.

Il traversa le jardin pour voir vers le fond.

Camille était là, au bord de la rivière. Des pages imprimées flottaient à la surface de l'eau. Camille les jetait une à une dans le courant.

Pierre vint s'asseoir à ses côtés.

Il s'allongea sur l'herbe et respira les parfums mouillés du printemps. Il s'accouda pour suivre le mouvement des feuilles, leurs lignes épouser les sillons des ondes et tourner dans les remous.

Beau spectacle, un livre au fil de l'eau.

Il ferma les yeux pour mieux écouter le bruit des pages qui quittaient les mains de Camille, jusqu'à la fin.

Camille froissa la dernière et s'allongea lui aussi.

Il lui sembla que des minutes familières s'écoulaient. Minutes anciennes qui avaient gardé leur rythme d'autrefois, leur timbre aussi puisqu'il les entendait comme un tintement de cloche, vieil angélus de leur amitié.

Camille était attentif à la respiration de Pierre, à son calme, à ses pauses. Les nuits partagées dans les chuchotements du dortoir revenaient inaltérées.

— Tu dors, Pierre ?

Il fallut du temps. Il fallut prêter l'oreille. Mais Camille entendit bien la réponse. De cette voix lointaine échappée du cœur secret de leur enfance où brillaient encore tous les feux nécessaires de détresse et d'espérance.

— Tu dors ?

Et Pierre, sans ouvrir les yeux, répondit à Camille.

— Non.

Remerciements

Quilina pour son ensemble et ses détails.

Julien Sautet pour ses précieux conseils techniques.

Steve Caron pour sa belle attention.

Camille Fusain pour sa mise en garde :
« *Méfiance avec les hommes qui ont une photographie d'Hemingway dans leur chambre, un calibre 12 et des cartouches de chevrotine.*
Ils ont la gâchette facile quand le canon est tourné contre leur cœur. »

Le grand moine bouddhiste qui m'a bien rassuré : « *Nous réussissons tous à mourir. Il n'y a pas lieu de s'inquiéter.* »

POUR MA CLOU.

Cet ouvrage a été imprimé
par Grafica Veneta à Trebaseleghe
pour le compte des Éditions Grasset
en février 2020.

Composition Maury-Imprimeur

PAPIER À BASE DE
FIBRES CERTIFIÉES

Grasset s'engage pour
l'environnement en réduisant
l'empreinte carbone de ses livres.
Celle de cet exemplaire est de :
900 g éq. CO_2
Rendez-vous sur
www.grasset-durable.fr

N° d'édition : 21440
Dépôt légal : mars 2020
Imprimé en Italie